दलदल

राजनीति और डेरा संस्कृति

दलदल

राजनीति और डेरा संस्कृति

डॉ. के.पी. सिंह

वाणी प्रकाशन

वाणी प्रकाशन

4695, 21-ए, दरियागंज, नयी दिल्ली 110 002

फ़ोन : +91 11 23273167 फ़ैक्स : +91 11 23275710

शाखाएँ

अशोक राजपथ, पटना 800 004, बिहार

कॉफ़ी हाउस कैम्पस, महात्मा गांधी मार्ग, इलाहाबाद 211 001, उत्तर प्रदेश

महात्मा गांधी अन्तरराष्ट्रीय हिन्दी विश्वविद्यालय, वर्धा 442 001, महाराष्ट्र

www.vaniprakashan.com
marketing@vaniprakashan.in
.sales@vaniprakashan.in

Daldal
by Dr. K.P. Singh

ISBN : 978-93-5518-297-5
Novel

पेपरबैक प्रथम संस्करण : 2022, प्रकाशित प्रतियाँ : 300

मूल्य : ₹ 250

आर. टेक ऑफ़सेट प्रिंटर्स, दिल्ली-110 032 में मुद्रित

वाणी प्रकाशन का लोगो मक़बूल फ़िदा हुसेन की कूची से

मास्टर बुध राम शर्मा जी
को
सादर समर्पित

'ठक–ठक, ठक–ठक' चक्कर* मुंशी की माइक टैस्टिंग से सभी चौकन्ने हो गये थे।

' 'बी' लगता है पुकार आने वाली है।' छिन्दो ने बोला था।

'मुआ पुकारेगा ही, और क्या नौबत बजायेगा?' करवट लेते हुए 'गुरकादी बी' ने तंज़ कसा था। छिन्दो सोच में पड़ गयी थी। रात को क्या मजबूरी आन पड़ी जो चक्कर मुंशी सबको जगा रहा है।

'सुनो एक ज़रूरी सूचना है। 'गुरकादी कश्मीरे की' सुबह दस बजे सुपरिंटेंडेंट साहब के दफ़्तर में हाज़िर हो। ख़ास मुलाक़ात आयेगी।'

'दोबारा सुनो, ज़नाना बैरक। 'गुरकादी कश्मीरे की' सुबह दस बजे सुपरिंटेंडेंट साहब के दफ़्तर में हाज़िर हो। ख़ास मुलाक़ात आयेगी।'

---

*जेल के मध्य में स्थित एक कमरा जहाँ से क़ैदियों को आवश्यक सूचनाएँ दी जाती हैं। इसे जेल का कंट्रोल रूम भी कहते हैं। प्रसारण के लिए यहाँ लाउड स्पीकर लगा होता है।

'बी, चक्कर मुंशी ने आपको पुकार लगायी है। सुबह दस बजे बड़े साहब के दफ़्तर में हाज़िर होना है। कह रहा था ख़ास मुलाक़ात आयेगी।' छिन्दो ने गुरकादी बी को चक्कर मुंशी का फरमान सुना दिया था।

गुरकादी बी ऊँचा सुनने लगी है। आँखों की रोशनी भी धीरे–धीरे साथ छोड़ रही है। चेहरा झुर्रियों से भर गया है। ख़ुद चलने में भी दिक़्क़त होती है। एक बार रात में नींद उचट जाये तो दोबारा पास नहीं फटकती है। बी के दिन भर के सारे काम करवाने के लिए मीनू मैट्रन ने छिन्दो की ड्यूटी लगा रखी है। पिछले पाँच बरसों से छिन्दो अपनी ड्यूटी को धर्म मानकर बी की सेवा कर रही है। मीनू मैट्रन की वो बात वह आज तक नहीं भूली है–

'मर्द मारकर आयी है। बुढ़िया की सेवा करके अगला जन्म संवार ले। आज से मैंने तुझे अपनी सेवा से आज़ाद कर दिया। मेरा काम करने के लिए बैरक में नयी मुर्ग़ी आ गयी है। वैसे तू काम बहुत अच्छा करती थी। पता नहीं नयी वाली कैसी होगी? साली लगती तो कसी हुई है। पर तू याद बहुत आयेगी। ख़ुदा मेरी छिन्दो को सलामत रखे।'

छिन्दो मन मसोसकर रह गयी थी। उसने अपने मर्द को कहाँ मारा था। साला मरने के ही क़ाबिल था। उसकी मौत ख़ुद उसे छिन्दो के पास ले आयी थी। उसने तो उसे मुक्ति दी थी, वरना पता नहीं कितनियों को ख़राब करता। नम्बर एक का एय्याश था। उसे हर रोज़ नयी चाहिए थी। नामुराद बीमारी से उसका शरीर गलना शुरू हो गया था। वह उसे न मारती तो ख़ुद भी बेमौत मारी जाती।

मीनू मैट्रन बीस बरस से पार्वतीपुर जेल में तैनात है। खसम छोड़ रखा है। वैसे भी मर्दों में उसकी दिलचस्पी नहीं है। जेल में हर महीने नयी मुर्ग़ी जो मिल जाती है। कहती है जो मज़ा औरत की जोरू बनने में आता है वो मर्द की गुलामी में नहीं। ज़नाना बैरक में उसका ही हुक्म चलता है। सुनते हैं बड़े साहब को मीनू मैट्रन अपनी अँगुलियों पर नचाती है।

'छिन्दो नींद नहीं आ रही है। भला मुझसे मिलने कौन आ रहा होगा? चौदह साल से तो कोई आया नहीं?' बी ने छिन्दो से प्रश्न किया था।

बी की कहानी हिन्दुस्तानी औरत की ज़िन्दगी की खुली किताब है। ज़मींदारों की बेटी गुरकीरत (बी) ज़मींदारों में ही ब्याही थी। धार्मिक प्रवृत्ति की होने के कारण बीर जी के मठ के साथ जुड़ गयी थी। जब बच्चे बड़े हो गये तो गाँव की औरतों के साथ मिलकर कीर्तनी जत्था बना लिया था। बचपन से ही खेत में ट्रैक्टर चलाने की शौक़ीन थी। बाप की लाड़ली जो थी। घण्टों तक लगातार ट्रैक्टर चलाने से ड्राइवरी में बी का हाथ साफ़ हो गया था। ससुराल में जोंगा जीप थी। हर इतवार कीर्तनी जत्थे की महिलाओं के साथ बीर जी के मठ में कीर्तन सुनने जाया करती थी। जीप भी ख़ुद ही चलाती थी। चालीस पार करते ही विरक्ति ने ऐसा घेरा था कि पति से रिश्ता टूट गया था। ससुराल में बी की ही तूती बोलती थी। दोनों बच्चे विदेश में बस गये थे। बी मठ को समर्पित होकर रह गयी थी। धीरे–धीरे गाँव वालों और रिश्तेदारों से बी की दूरी बढ़ती चली गयी थी। पता ही नहीं चला था कि कब चहकती–महकती गुरकीरत 'गुरकादी बी' बन गयी थी। इलाक़े के लोगों ने बी को यही नया नाम दे दिया था। इसके बाद जो हुआ वह एक अलग किस्सा है।

'जन्म से लेकर मौत तक औरत का जीवन अकारथ नहीं होता बी। आ रहा होगा कोई हक़ीक़ी अपना हक़ जताने या हक़ माँगने।' छिन्दो ने बी के प्रश्न का उत्तर देने की कोशिश की थी।

'हक़ तो मैंने किसी का भी बक़ाया नहीं छोड़ा था छिन्दो। सब कुछ तो दे आयी थी हक़ीक़ियों को। अब तो निवाला भी सरकार का ही दिया हुआ खाती हूँ।' बी ने बात आगे बढ़ाई थी।

छिन्दो चुप रही थी। उसने नींद में होने का उपक्रम किया था। बी की नींद जब उचट जाती थी तो वह इसी तरह बातों में लगाकर छिन्दो को अपनी कहानी सुनाया करती थी। शायद उसका मन इसी से हल्का हो जाता होगा। लेकिन बी की दर्द भरी कहानी सुनते–सुनते सांसारिक रिश्तों में छिन्दो की आस्था भी डगमगाने लगती थी।

पर वह ऐसा नहीं होने देना चाहती थी। छिन्दो अभी भी गृहस्थी में उलझी हुई थी। बाहर उसके बच्चों को अभी उसकी ज़रूरत थी। रिहाई में बस एक साल का ही समय बचा हुआ है। वह नहीं चाहती थी कि समय से पहले वह भी बी की तरह एक सूखा ठुंठ बन जाये। वह, बी को भी समझाने की कोशिश करती थी। लेकिन बी दूसरे ही संसार में जीने लग गयी है। पता नहीं कब दोनों की आँखें लग गयी थीं।

रघुपति राघव राजा राम।
पतित पावन सीता राम।।'

हारमोनियम पर रामधुन बजाते क़ैदियों के प्रभात–फेरी जत्थे ने हर रोज़ की तरह अलख जगा दी थी। बन्दियों की दिनचर्या शुरू हो गयी थी।

'बी उठो, सूरज चढ़ आया है।' थपथपी देकर छिन्दो ने बी को नींद से उठाया था। सहारा देकर शौचालय तक छोड़ आयी थी। मीनू मैट्रन ने सीटी बजाकर योग की कक्षा की शुरुआत होने की घोषणा कर दी थी। बी की सेवा में होने के कारण छिन्दो को योग की कक्षा से छुट्टी मिली हुई थी।

कान्हा, छोटी और मीता अपनी–अपनी दरी बिछाकर योग क्रिया कर रहे थे। कान्हा, छोटी और मीता महिला क़ैदियों के बच्चे हैं। कान्हा का जन्म तो जेल में ही हुआ था। इसीलिए बन्दिनियों ने मिलकर उसका नाम कान्हा रख दिया था*। मीनू मैट्रन की दरी बिछाने के लिए आज एक नयी बन्दिनी आयी थी। कानाफूसी चल रही थी कि मीनू की नयी सेवादारनी मुम्बई की बार डांसर है।

योग की कक्षा के बाद मीनू मैट्रन ने बड़े साहब का फ़रमान सुनाया था–'मीता केशो की' आज छह बरस की हो गयी है। उसे आज ही जेल छोड़नी पड़ेगी। उसके बाप ने उसका वारिस बनने से मना कर दिया है। इसलिए उसे बाल भवन पार्वतीपुर भेजा जायेगा। वह हफ़्ते में एक बार आकर अपनी माँ केशो से मिल सकती है।

---

*छह वर्ष तक के बच्चे जेल में बन्दिनियों के साथ रह सकते हैं।

आज से उसकी सारी ज़िम्मेदारी सरकार की होगी। छिन्दो, 'गुरकादी कश्मीरे की' के साथ 'मीता केशो की'* को भी दस बजे बड़े साहब के दफ़्तर में पेश करेगी।'

केशो अपनी भाभी की दहेज हत्या के मुक़दमे में आजीवन कारावास की सज़ा भुगत रही है। जेल में आधे से अधिक सज़ायाफ़्ता बन्दिनियाँ ऐसे ही दहेज उत्पीड़न या हत्या के मुक़दमों में सज़ा काट रही हैं। पता नहीं उनमें से कोई वास्तव में दोषी भी है या अभागी नसीब की मारी हैं। मीता जब केशो के साथ जेल में आयी थी, एक बरस की थी। बन्दिनियों ने अँगुली पकड़कर उसे चलना सिखाया था। उसके बिछड़ने से सभी बन्दिनियाँ उदास थीं। लेकिन कोई हल भी नहीं था। चरणो नम्बरदारनी ने साहस जुटाकर मीनू मैट्रन से गुहार लगायी थी–

'हम सभी देवकियों की एक ही गुज़ारिश है मीनू जी। मीता को हमारे पास ही रहने दिया जाये। बिना माँ–बाप के नन्ही सी जान बाहर की दुनिया का अकेली कैसे सामना करेगी? मीता रो–रोकर बेहाल हो जायेगी मीनू जी।'

मीनू गुस्से में लाल हो गयी थी। ज़ोर से चिल्लाई थी–

'मीनू मैट्रन को नाम लेकर पुकारने की तुम्हारी हिम्मत कैसे हो गयी चरणो? पाँच साल से नम्बरदारनी हो नहीं तो चमड़ी उधेड़ देती। मीनू क़ानून के अलावा अपने मर्द की भी गुलामी नहीं करती। और क़ानून की ही एहसानमन्द है जिसने उसे मैट्रन बनाया है। आइन्दा ऐसी बेअदबी न दोहराई जाये। क़ानून के हुक्म की तामील हो। इससे आगे मुझे कुछ नहीं सुनना है।'

'एक बात और सुन चरणो' मीनू फिर दहाड़ी थी।

'बन्दिनी केवल बन्दिनी होती है। बन्दिनी को देवकी कहने से देवकी जैसी देवी का नाम बदनाम होता है। ज़ुबान पे लगाम लगा। ऐसी ग़लती फिर न हो।'

---

*जेल में बन्दियों के माँ–बाप के नाम को बन्दी के नाम के साथ जोड़कर पुकारा जाता है।

चरणो नम्बरदारनी अपमान का घूँट पीकर अपनी बैरक में चली गयी थी। पर आज उसने बन्दिनियों को नयी पहचान दे दी थी। आपस में बन्दिनियों ने एक दूसरी को देवकी कहकर पुकारना शुरू कर दिया था। अगर विकलांग को दिव्यांग बुलाया जा सकता है तो बन्दिनी को देवकी क्यों नहीं? आख़िर इन्सान को मानवीय गरिमा से रूबरू करवाना ही तो सभ्याचरण है। चरणो के लिए मेरे दिल में दोगुनी इज़्ज़त हो गयी थी।

बन्दिनियों को देवकी नाम देकर चरणो ने कुछ भी ग़लत नहीं किया था। औरत की प्रवृत्ति आपराधिक नहीं होती है। औरत मजबूर होकर या अज्ञानतावश ही अपराध करती है। सृजन उसका धर्म है और धैर्य परम सहज गुण। निरन्तर घटती–बढ़ती चन्द्र कलाओं के साथ उसकी जीवन–डोर घटती–बढ़ती रहती है। हर महीने नये जीव को गर्भ में लेकर आती है। वह हर महीने जन्म लेती है, हर महीने मर जाती है। जिसका जीवन ही एक माह का हो उसे इससे अधिक का कारावास क्यों? प्रतिमास अपने दोषों से मुक्ति पाकर नवजीवन की शुरुआत करना ही स्त्री–गुण है। पुरुषों के बनाये हुए क़ानून में स्त्री की प्रवृत्ति को समझा ही नहीं गया है। स्त्री कुकृत्य के माध्यम से संसार में व्याप्त आसुरी प्रवृत्तियों को कुचलने का पराक्रम करती है। उसका कुकृत्य अपराध बोध की अभिव्यक्ति कदापि नहीं हो सकता। चरणो ने मीनू मैट्रन को यही जताने की कोशिश की थी। पर खाक़ी वर्दी में औरत और मर्द में कोई फ़र्क़ नहीं होता शायद। खाक़ी वर्दी औरत से उसका स्त्री–धर्म और धैर्य सभी कुछ छीन लेती है। पुरुष बनने की चाह में खाक़ी पहनकर औरत पुरुषों से भी अधिक अधीर, बद्‌ज़ुबान और निर्दयी हो जाती है। परन्तु फिर भी वह मर्द नहीं बन पाती। लबादा बदल लेने से ईश्वर–प्रदत्त गुण–सूत्र क्या कभी बदल सकते हैं?

केशो ने मीता को तैयार करना शुरू कर दिया था।

'मम्मी मैं कहाँ जा रही हूँ।' मीता ने पूछा था।

'तू, तू सरकार के घर जा रही है। वहाँ तुझे अच्छी–अच्छी ड्रैस पहनने को मिलेंगी। चॉकलेट और टॉफ़ी तो वहाँ हर जगह बिखरी पड़ी होती हैं।

बहुत बड़ा टी.वी. होता है जिस पर हर समय कार्टून फ़िल्म चलती रहती है। स्कूल होता है। बहुत सुन्दर स्कूल बैग मिलता है। बहुत सारे दोस्त मिलेंगे तुम्हें वहाँ पर।' केशो ने मीता को सपने दिखाकर उसकी जिज्ञासा शान्त करने की कोशिश की थी।

'फिर आप वहाँ क्यों नहीं चलतीं। मुझे वहाँ कौन तैयार करेगा? मुझे फ्राक कौन पहनायेगा? बी और आप भी वहीं पर चलो ना।' मीता ने ज़िद की थी।

'नहीं बेटी, सरकार का क़ानून हमें वहाँ नहीं जाने देगा। मीनू मैट्रन रोक देगी।' केशो ने मीता को समझाया था।

बच्चों की कल्पना की उड़ान बहुत ऊँची होती है। मीता की आँखों में केशो द्वारा दिखाये गये सपने घर कर गये थे। सपनों के उस संसार में वह हर किसी को वहाँ ले जाकर बसाना चाहती थी।

बावली अभी यह नहीं जानती थी कि बचपन का तिलिस्म हक़ीक़त की दुनिया से कोसों दूर होता है। बच्चों को सपने दिखाकर मनुष्य पता नहीं उनके जीवन में क्या ढूँढ़ने की कोशिश करता है? सुखद सपनों में जीना शायद ज़िन्दगी का सबसे सुन्दर एहसास होता है। सपने में मनुष्य अपनी ज़िन्दगी का स्वयं सूत्रधार होता है। अपनी मर्ज़ी से कल्पना–लोक में विचरण करता है। जबकि हक़ीक़त में मनुष्य–जीवन दूसरों द्वारा खींची गयी लक्ष्मण रेखाओं का मोहताज़ होता है। मनुष्य ताउम्र उन लक्ष्मण रेखाओं को लाँघने की कोशिश करता है। कुछ को वह लाँघ भी लेता है और कुछ अन्य को लाँघने की तमन्ना दिल में पाले ग़लतियाँ करता रहता है। शायद इसीलिए कहा जाता है कि ज़िन्दगी ग़लतियों की प्रयोगशाला है। इस प्रयोगशाला से हमेशा अमृत ही निकलेगा ऐसी सोच व्यावहारिक नहीं होती, कभी–कभार विष भी उत्पन्न होगा। जो इस विष को निगल जाता है इन्सान बना रहता है और दुश्वारियों से जूझता हुआ ग़लतियाँ करता रहता है। जो इस विष को कण्ठ से नीचे नहीं उतरने देता वह नीलकण्ठ बनकर देवत्व को प्राप्त हो जाता है। इन्सान से देवता बनने का यह रहस्य मैं सदियों से इन्सान को समझाता रहा हूँ।

'सरकार कौन होती है? मैं उससे मिलकर बोल दूँगी कि बी और आपको भी मेरे साथ जाने दे।' मीता की मासूमियत गवाही बनकर सरकार से टकराने के लिए खड़ी हो गयी थी।

'सरकार माई–बाप होती है। सबके रहने–खाने का इन्तज़ाम करती है।' केशो ने मीता को समझाने की कोशिश की थी।

'क्या मीनू थानेदारनी सरकार है?' जेल के बच्चे मीनू मैट्रन को थानेदारनी ही कहते थे। शायद मैट्रन शब्द बोलने में उन्हें मुश्किल आती होगी। मीता के सवाल में उत्सुकता थी।

'हाँ, मीनू मैट्रन भी सरकार है।' अनपढ़ केशो ने सरकार जैसी जटिल अवधारणा की गुत्थी को बहुत सरलता से मीता को समझा दिया था। मीनू जैसे सरकारी अधिकारियों और कर्मचारियों में ही तो सरकार का निरूपण होता है। वरना सरकार कहाँ दिखती है?

'फिर तो मैं मीनू थानेदारनी से ही अपनी मन्नत माँग लूँगी।'

'मन्नत, कैसी मन्नत?' केशो ने मीता से पूछा था।

'अरे, कुछ नहीं मम्मी। मीनू थानेदारनी रोज़ मुझे टॉफ़ी देती है और पप्पी लेती है। कहती है पप्पी के बदले जब चाहे मन्नत माँग लेना। मैं मीनू थानेदारनी से मन्नत माँग लूँगी कि आपको और बी को मेरे साथ सरकार के घर में जाने दे।'

मीता ने मीनू मैट्रन का आज एक दूसरा ही रूप मुझे दिखाया था। पहली बार मुझे एहसास हुआ कि खाक़ी वर्दी, जिसे मैं सर्वशक्तिमान मानता था, भी एक औरत की ममता और संवेदना की दासी है। खाक़ी की कर्कश और बंजर भूमि में भी ममता का अंकुर प्रस्फुटित होता है। वह बात दीग़र है कि वह अंकुर कभी भी वृक्ष बनता दिखायी नहीं देता।

'मीनू तुम्हारी मन्नत पूरी नहीं करेगी। क़ानून ऐसा नहीं होने देगा। जा, बी के पास से कंघी उठा ला।' केशो ने मीता को थपकी देकर उठाते हुए उसका माथा चूम लिया था।

मीता कंघी ले आयी थी। लेकिन कुछ सोच रही थी। आते ही फिर सवाल दाग दिया था। 'मम्मी, क़ानून कौन होता है?'

'क़ानून सरकार का हथियार होता है।' केशो के वाक्य पूरा करते ही मीता ने झट से उत्सुकता दिखायी थी–

'जैसे मीनू थानेदारनी का रूल'।

मीनू मैट्रन हमेशा काले रंग की 'बैटन' हाथ में घुमाती रहती है। काले रंग की बैटन के दोनों सिरों पर पीतल की चमचमाती टोपी ग़ज़ब लगती है। छिन्दो हर इतवार 'ब्रासो' लगाकर पीतल की टोपी चमकाया करती है। बैरक से सभी बच्चे कौतूहलवश छिन्दो को मीनू की बैटन का सिंगार करते हुए देखते थे। 'बैटन' शब्द शायद उनके लिए बोलना कठिन था। इसलिए 'बैटन' को 'रूल' कहते थे। वैसे भी 'बैटन' और 'रूल' एक–दूसरे के पर्यायवाची ही तो हैं। 'बैटन' उन 'रूल' यानी नियमों का प्रतिबिम्ब ही तो है जिन्हें लागू करने की ज़िम्मेदारी सरकार ने मीनू मैट्रन को दे रखी है।

'हाँ, जा मेरा और सिर मत खा। छिन्दो को कह दे कि तू जाने को तैयार है।' केशो ने मीता को झिड़क दिया था।

मीता छिन्दो की बैरक की तरफ़ चली गयी थी। केशो के चेहरे पर मीता के बिछुड़ने के दर्द की टीस उभर आयी थी। उसकी पेशानी* पर परेशानी के पसीने की बूँदें साफ़ दिखायी दे रही थीं। परेशानी वाज़िब थी। मीता में केशो की जान जो बसती थी।

सास की हत्या के आरोप में जब पुलिस केशो को पकड़ कर लायी थी मीता एक महीने की थी। पुलिस ने मीता को केशो से छीनकर उसके पति रामदिया को थमा दिया था। माँ के दूध के बिना भूख से बिलख रही मीता को दोनों हाथों में उठाकर रामदिया ने भैरवी सरपंचणी के घर पर दस्तक दी थी।

'सरपंच जी पता नहीं म्हारी केशो ने माँ को मारा है या कुदरत ने, पर या में इस नन्ही जान का किमै कसूर ना है। मीता अगर केशो के साथ नहीं गयी तो कल तड़के का सूरज मुश्किल ही देखैगी। म्हारी तो याह ही आस सै। म्हारी खातर ना सही, प्रभु के लिए मीता

*माथा।

को केशो के साथ रहने की इजाज़त दिलवा दो।' रामदिया ने भैरवी सरपंचणी से गुहार लगायी थी।

भैरवी सरपंचणी दबंग औरत थी। इलाक़े में उसका दबदबा था। सरकारी ओहदेदार उससे खौफ़ खाते थे।

'चाल्ह रामदिये। दुधमुँही बच्ची को माँ से अलग कोई जल्लाद ही कर सकै है।'

भैरवी रामदिया को जीप में बिठाकर तुरन्त थाने की ओर रवाना हो गयी थी। भूख से बिलबिलाती मीता रामदिया के सीने से चिपककर अपनी माँ की छाती ढूँढ़ने की कोशिश करने लगी थी। जीप की घुर्र–घुर्र की आवाज़ के कौतूहल में मीता रोना भूल गयी थी, परन्तु सिसकियाँ चल रही थीं। रामदिया के सीने में माँ की छाती का अमृत ढूँढ़ती मीता बीच–बीच में होंठ चला रही थी। रामदिया को एहसास हो गया था कि मातृत्व का यही वह अलौकिक सुख है जिसकी चाह में औरत सहज ही सारी ज़िन्दगी गृहस्थी की ज़िम्मेदारी की ज़ंजीर में बँधना स्वीकार कर लेती है।

थाने के गेट के सामने भैरवी ने जीप रोक दी थी। जीप से उतरते ही सन्तरी से पूछा था–

'ममता थानेदारनी कित सै हवलदारा। जल्दी मिलणा सै।'

'आओ सरपंच जी। बैठो अभी बुला देता हूँ।' कौल सिंह सन्तरी ने थाने के गेट की मोरी से आवाज़ लगायी थी–

'भैरवी सरपंच आयी है। ममता थानेदारनी से मुलाक़ात की दरकार है।'

थोड़ी ही देर में ममता थानेदारनी के आने की आहट महसूस होने लगी थी। चुर्र–चुर्र की आवाज़ से थाने का बड़ा गेट खुलना शुरू हो गया था। थाने का बड़ा गेट या तो कप्तान साहब के आने पर खुलता है या ममता थानेदारनी की अगवानी में।

थाने के गेट के बाहर नीम के पेड़ के नीचे पड़ी कुर्सी पर भैरवी सरपंच बैठ गयी थी। मीता को गोद में लिए रामदिया ज़मीन पर बैठ गया था। ममता थानेदारनी के आते ही दोनों खड़े हो गये थे।

'राम–राम थानेदारनी जी।' भैरवी ने खड़े होकर ममता थानेदारनी का अभिवादन किया था।

'राम–राम भैरवी। क्या बात हो गयी जो तीसरे पहर थाने आना पड़ गया।' ममता ने वाक्य पूरा ही किया था कि भैरवी तैश में आ गयी थी।

'बात तो भगवान की सै थानेदारनी जी। इन्सान तो इल्तजा करण खात्तर ही बणा सै। रामदिये की जोरू थारी क़ैद म्हा बिराजै सै। याह की मीन्ने भर की छोरी तो उसके साथ ही रहणी चाहिए कि नाहीं। कौण सा कायदा दूध पीत्ती इत्ती सी जान को महतारी से दूर करै सै। हम भी तो जाणै।'

भैरवी ने बात पूरी भी नहीं की थी कि मीता ने भूख से ज़ोर–ज़ोर से रोना शुरू कर दिया था। उसे केशो से दूर हुए बारह घण्टे जो हो गये थे। एक बूँद भी मुँह में नहीं गयी थी। मीता की चीख ने भैरवी की आगे की अनकही बात पूरी कर दी थी।

मीता का रुदन इतना दारुण था कि ममता थानेदारनी की आँख भर आयी थी। कोई पुरानी टीस उभर आयी थी शायद।

'मीता को उसकी माँ से कोई दूर नहीं कर सकता भैरवी जी। अपराध अगर किया है तो केशो ने किया होगा। इस नन्ही जान का क्या कसूर? वर्दी की मर्यादा में बँधी हुई हूँ, ज़्यादा नहीं बोल सकती। आप ही बताओ, क़ानून बनाने वालों ने क़ानून बनाते वक़्त यह क्यों नहीं सोचा कि मुद्दई, मुल्ज़िम और गवाह कभी कोई औरत भी हो सकती है। यह ध्यान में क्यों नहीं रखा कि कोई ममता थानेदारनी भी थानाध्यक्ष बनकर थाने में तैनात हो सकती है। मुश्किल भरे दिनों में कपड़े बदलने तक की जगह नहीं है थाने में। अंग्रेज़ का क़ानून मर्दों ने बनाया था, मर्दों के लिए ही बनाया था और मर्दानी सोच के साथ बनाया था। आज़ादी आये पचास साल हो गये हैं। आज तक भी ममता थानेदारनी और मीता की ज़रूरतों को क़ानून नहीं समझता है। मीता केशो के साथ रहे ऐसा क़ानून में नहीं लिखा है। क़ानून लिखने वाले यह नहीं सोच सके थे कि एक दुधमुँही बच्ची की माँ भी पुलिस की हिरासत में आ सकती है।

लेकिन ममता थानेदारनी। औरत की ज़रूरतों के मुताबिक़ क़ानून को लागू करने की ताक़त ख़ुद रखती है। जहाँ क़ानून गूँगा हो उसे आवाज़ देने की ज़िम्मेदारी हुक्मरानों की होती है। कुछ अफ़सर क़ानून की आवाज़ बन जाते हैं और कुछ क़ानून के गूँगेपन के साथ ख़ुद बहरा बनकर क़ानून को बौना साबित करने के लिए तैयार रहते हैं। गूँगापन कुदरती करिश्मा है लेकिन बहरापन इन्सान की फ़ितरत का हिस्सा भी हो सकता है। हर बहरा व्यक्ति बहरा नहीं होता। कुछ लोग बहरे हो सकते हैं, लेकिन अधिकतर व्यक्ति बहरा होने का नाटक करके बहरेपन की लाचारी में अपनी ताक़त ढूँढ़ा करते हैं। बहरा बनकर क़ानून को कुतर्कों की फाइलों में इतना दबा देते हैं कि उसे या तो बड़ी सिफ़ारिश या फिर गुलाबी नोटों की मोटी गड्डी ही ढूँढ़ पाती है। आप निश्चिन्त रहें भैरवी जी। मैंने खाक़ी वर्दी ज़रूर पहनी है, पर मैं एक औरत पहले हूँ। क़ानून बदलने की ताकत मुझमें नहीं है, लेकिन क़ानून को कैसे लागू करना है यह मुझे अच्छी तरह आता है। क़ानून लागू करने की ज़िम्मेदारी इन्सानों को इसीलिए दी जाती है कि क़ानून को इन्सानियत के विस्तार के लिए ही प्रयोग करें, इन्सानियत को बौना साबित करने के लिए नहीं। मीता केशो के साथ ही रहेगी, यह ममता का हुक्म है। जिस क़ानून को औरत की ममता और उसकी प्राकृतिक ज़रूरतों का एहसास नहीं है, ममता थानेदारनी उस क़ानून को नहीं मानती। देखती हूँ मुझे कौन रोकता है?'

ममता थानेदारनी ने मीता को रामदिया से लेकर अपनी गोद में छिपा लिया था।

'कौल सिंह केशो को हवालात से निकालकर बाहर तो ला ज़रा।' ममता थानेदारनी ने हुक्म दिया था।

कौल सिंह केशो को थाने से बाहर ले आया था।

'ले इसे सँभाल। इसे जिस चीज़ की ज़रूरत हो मुझे बता देना।' ममता थानेदारनी ने मीता को केशो की गोद में दे दिया था।

ममता थानेदारनी ने पुलिस का एक दूसरा ही चेहरा प्रस्तुत किया था। वरना मैं तो ममता थानेदारनी के उसी रूप से वाक़िफ़ था

जो मैंने पुलिस रिमांड के दौरान देखा था। जेल की सारी बन्दिनियाँ ममता थानेदारनी का नाम सुनते ही काँपने लगती हैं। ऐसा रिमांड़ लेती है कि रूह भी शरीर का साथ छोड़कर भाग जाती है। पुरखे याद आने लगते हैं।

'मैं तैयार हूँ 'बा जी'।' मीता ने छिन्दो के पास जाकर कहा था। उसने हर रोज़ की तरह छिन्दो के क़मीज़ का कोना मुँह में डाल लिया था।

छिन्दो बी के बाल सँवार रही थी। बड़े साहब के दफ़्तर में जो जाना था।

'मत कर मीता, छोड़ मेरा क़मीज़। अब तू बड़ी हो गयी है। वैसे भी आज बाल भवन जा रही है। वहाँ की मैम क्या कहेगी कि मीता ने कुछ नहीं सीखा है।' छिन्दो ने मीता के मुँह से अपना क़मीज़ छुड़वा लिया था।

'चल बी। दस बजने वाले हैं।' छिन्दो ने बी को कहा था।

दस बजे वाली अम्बिकापुर एक्सप्रेस के डिब्बों की रेल की पटरियों पर चलने की खट–खट की आवाज़ सुनकर छिन्दो ने अन्दाज़ा लगा लिया था कि दस बजने वाले हैं। अम्बिकापुर–देवीनगर रेलवे लाइन पार्वतीपुर जेल की दीवार के साथ–साथ बिछी हुई है। दिन में दस और रात में आठ एक्सप्रेस रेलगाड़ी इस मार्ग पर गुज़रती हैं। पार्वतीपुर जेल के पास आते ही अलग–अलग रेलगाड़ी का ड्राइवर अलग–अलग स्थान पर अलग–अलग तरीक़े से एक भिन्न–भिन्न अवधि के लिए रेल की सीटी बजाता है। सीटी बजाने के स्थान, तरीक़े और अवधि से पता लग जाता है कि कौन–सी रेलगाड़ी पटरियों पर से गुज़र रही है। अम्बिकापुर एक्सप्रेस का ड्राइवर पूरा एक मिनट तक लगातार सीटी बजाते हुए जेल की सीमा पार करता है। शताब्दी एक्सप्रेस का ड्राइवर जेल की सीमा शुरू होने से पहले ही सीटी बजाना बन्द कर देता है। क़ैदी रेल की सीटी की आवाज़ सुनकर समय का अन्दाज़ा लगाते हैं। मैं विचलित हूँ कि मेरी इससे बड़ी बेअदबी और क्या हो सकती है?

छिन्दो, बी और मीता को लेकर चल पड़ी थी। बैरक से बाहर निकलते ही जेल की बन्दिनियों ने उन्हें घेर लिया था। बारी–बारी से सभी मीता को मिल रही थीं। किसी ने मीता के गाल सहलाये तो किसी ने सिर पर हाथ फेरा था। सभी की आँखों में मीता से बिछुड़ने की नमी थी। मीता सबकी लाडली जो थी। हो भी क्यों नहीं? सबका मन जो बहलाती थी। सभी बन्दिनियों ने मीता को अपनी ही बच्ची की तरह पाला था। बन्दिनियों को एहसास था कि मीता अब उनसे कभी नहीं मिलेगी।

महिला वार्ड की बैरक के आख़िरी दरवाज़े पर केशो रास्ता रोककर खड़ी हो गयी थी। उसने विलाप करना शुरू कर दिया था। मीता उसकी टाँगो से चिपटकर रोने लगी थी। माहौल गमग़ीन हो गया था। छिन्दो ने मीता को केशो से अलग किया था। देखते–ही–देखते एक–एक करके सारी बन्दिनियाँ केशो से गले मिलकर सिसकने लगी थीं। मेरे लिए यह कोई नयी बात नहीं थी। छह वर्ष पूरा होने पर जब भी कोई बच्चा जेल छोड़कर जाता था तो बन्दिनियाँ इसी प्रकार आँसू बहाकर अपना मन हल्का कर लिया करती हैं, वरना अधिकतर के पास रुदन का बहाना भी नहीं होता है। जेल की बन्दिनियों को दो आँसू बहाने के लिए भी दूसरों से ग़म उधार लेने पड़ते हैं। इतनी अकेली होती हैं कि उनके पास ग़म भी अपना नहीं होता है।

कहते हैं कि यदि रोने के लिए किसी के कन्धे का सहारा मिल जाये तो दुःख आधा रह जाता है। समय के साथ बन्दिनियों का संसार बहुत सीमित होता चला जाता है। मैं इस परिस्थिति का हमेशा साक्षी रहा हूँ। अधिकतर बन्दिनियाँ अपनों द्वारा परित्यक्त कर दी जाती हैं। जेल में आने के कुछ समय बाद उनसे कोई मिलने तक भी नहीं आता। कोई कितने ही भाषण दे, औरत और गाय तभी तक पूज्य होती हैं जब तक उनकी सामाजिक और आर्थिक प्रासंगिकता बनी रहती है। उपयोगिता ख़त्म होते ही गाय कसाइयों की हो जाती है और औरत तन्हाइयों की। और तन्हाई और लाचारी में विलाप ही एकमात्र सहारा होता है। ज़िन्दगी का यह फलसफ़ा मैंने अनगिनत

बार इसी महिला बैरक में साक्षात् देखा भी है और पढ़ा भी। हर बार की ही तरह फिर गुरकादी बी ने सबका धीरज बँधाया था–

'रास्ता छोड़ दे केशो। मीता की नयी ज़िन्दगी शुरू होने जा रही है। तुझे तो आज ख़ुश होना चाहिए। मीता जेल के सींखचों से बाहर जाकर बाहर की खुली हवा में साँस लेगी। दुनिया देखेगी तो उसकी समझ निखरेगी। सरकार के बाल–भवन इतने बुरे भी नहीं होते। कुछ दानी लोग अच्छे कपड़े दे जाते हैं। रहने और खाने का प्रबन्ध सरकार करती है। हम–उम्र बच्चों के बीच रहकर मीता खिल उठेगी। बीर जी उसे सलामत रखे।'

केशो दरवाज़े से हट गयी थी। छिन्दो की अँगुली पकड़कर मीता बैरक से बाहर आ गयी थी। बी भी धीरे–धीरे चलकर बैरक से बाहर आ गयी थी। अचानक मीता छिन्दो की अँगुली छोड़कर फिर बैरक में आकर केशो से लिपटकर रोने लगी थी। बैरक छोड़कर न जाने की ज़िद करने लगी थी। बी ने केशो को फिर समझाया था–

'मीता को अब अलग कर दे केशो। औरत की गति जुदाई में ही छिपी होती है। जुदाई और औरत को विधाता ने एक साथ गढ़ा है। जुदाई यदि सहमति से हो तो विदाई बन जाती है। शहनाइयाँ बजती हैं। इसीलिए विदाई ज़्यादा नहीं खलती। परन्तु जुदाई का दंश बहुत देर तक तकलीफ़ देता है। तकलीफ़ औरत की छोटी बहन जैसी होती है। तकलीफ़ को गोद में भरकर ज़िन्दगी में आगे बढ़ जाना औरत की नियति है। मीता को जाने दे। पता नहीं जुदाई में ही उसकी भलाई छिपी हो। औरत की हर जुदाई के बाद फ़रिश्ते उसकी तकदीर को फिर से लिखते हैं। बुरा समय मीता पहले ही देख चुकी है। क्या पता विधाता उसकी आगे की ज़िन्दगी में ख़ुशियाँ ही ख़ुशियाँ भर दे।'

केशो ने मीता के सिर पर आख़िरी बार हाथ फेर कर उसका हाथ छिन्दो के हाथ में दे दिया था। मीता ने अब ज़िद नहीं की थी। नन्हे–नन्हे डग भरती हुई मीता ने फिर पीछे मुड़कर नहीं देखा था। बड़े साहब का दफ़्तर आ गया था।

'दस बजे का मतलब दस बजे होता है छिन्दो। साढ़े दस बजने को हैं। बड़े साहब गुस्से में हैं। जल्दी चल।' मीनू मैट्रन ने छिन्दो को हड़काया था।

'मैं तो टैम पे ही आयी हूँ, मैडम जी। अम्बिकापुर एक्सप्रेस अभी–अभी तो गयी है।' छिन्दो ने मीनू के हलकारे का जवाब दिया था।

'अम्बिकापुर एक्सप्रेस लन्दन का घण्टाघर है क्या? रेल लेट भी तो हो सकती है। बहुत जुबान लग गयी है तेरे। लगता है तुझे सेवा में बुलाना पड़ेगा।' मीनू ने छिन्दो पर तंज़ कसा था।

'इसमें छिन्दो का कोई कसूर ना है मीनू मैडम जी। बैरक से घड़ी आपने ही उतरवायी थी। घड़ी के बिना तो समय का अन्दाज़ा ही लगाया जा सकता है।' बी ने मीनू मैट्रन को निरुत्तर कर दिया था।

बड़े साहब के दफ़्तर के सामने खड़े रामू नम्बरदार ने छिन्दो को दरवाज़े के सामने रोक दिया था। मीनू मैट्रन गुर्रायी थी–

'दरवाज़ा खोल रामू। दिखता नहीं मैं साथ आयी हूँ।'

रामू ने दरवाज़ा खोल दिया था। बड़े साहब किसी से टेलीफ़ोन पर बात कर रहे थे। टेलीफ़ोन बीच में रोककर कहा था–

'बैठो गुरकादी बी।'

बी सबसे पिछली क़तार में पड़ी कुर्सी पर बैठ गयी थी। मीता बराबर वाली कुर्सी पर बैठ गयी थी। छिन्दो कुर्सी पर बैठने का साहस नहीं जुटा पायी थी। मीनू मैट्रन बराबर में जो खड़ी थी।

'बी के लिए पानी मँगवाओ मीनू।' बड़े साहब ने मीनू मैट्रन को आदेश दिया था। मीनू ने पास खड़े रामू नम्बरदार को इशारा करके पानी लाने को कहा था।

'पुलिस की गाड़ी का हूटर बज रहा है बड़े साहब।' रामू नम्बरदार ने बी को पानी का गिलास देते हुए बड़े साहब को सूचना दी थी। बड़े साहब आनन–फानन में कुर्सी छोड़कर दफ़्तर से बाहर भागे थे। जेल की ड्योढ़ी* में जेल स्टाफ की हलचल बढ़ गयी थी।

---

*ड्योढ़ी– प्रवेश–द्वार के पास का खुला स्थान।

अचानक 'ठक' की आवाज़ के साथ जेल का मुख्य प्रवेश–द्वार खुल गया था। 'जय हिन्द सर', 'जयहिन्द सर' के अभिवादन सूचक शब्दों से वातावरण गूँज गया था। शायद कोई बड़ा अफ़सर जेल का निरीक्षण करने आया था। मैं कई बार ऐसे अवसरों का साक्षी बना हूँ।

'जयहिन्द सर' के जयकारों की गूँज सुनकर अन्दाज़ा लगाया जा सकता है कि अभिवादन पाने वाले अधिकारी की हैसियत और ओहदा कितना ऊँचा है। जयकारा जितना ऊँचा होगा अभिवादन पाने वाला अधिकारी भी उतना ही ऊँचा ओहदेदार होगा। आज जैसा ऊँचा जयकारा मैंने आज तक जेल में पहले नहीं सुना था। लगता है कोई बहुत बड़ी हस्ती उस दिन जेल में पधारी थी।

'जेल मन्त्री मैडम मधुमिता आयी हैं। खड़े हो जाओ।' रामू नम्बरदार ने दफ़्तर के अन्दर आकर बी को हिदायत की थी। ख़ुद दरवाज़ा खोलकर सधे हुए प्यादे की तरह तनकर खड़ा हो गया था।

गुलाबी साड़ी में लिपटी एक बहुत ख़ूबसूरत और आकर्षक महिला ने बड़े साहब के दफ़्तर में प्रवेश किया था। आँखों पर काला चश्मा और हाथ में एमके का हैंड बैग व्यक्तित्व को रौबीला अन्दाज़ दे रहा था। यही थीं नवनियुक्त जेल मन्त्री मधुमिता जी। कुछ वर्ष पहले मधुमिता जी इस जेल में विचाराधीन बन्दिनी के रूप में भी आयी थीं। गुरकादी बी भी साथ आयी थी। मधुमिता एक साल तक बन्दिनी नम्बर 786 की पहचान के साथ महिला वार्ड की बैरक में गुरकादी बी के साथ रही थीं। मुक़दमे में बरी हो जाने के बाद मधुमिता जी गुमनामी के अँधेरे में खो गयी थीं। कालान्तर में चुनाव लड़ा, विधायक बनीं और अब जेल मन्त्री भी बन गयी थीं। यह एक लम्बी कहानी है, आगे बताऊँगा।

बड़े साहब की कुर्सी पर बैठते ही मन्त्री जी ने बड़े साहब से पूछा था–

'गुरकादी बी कहाँ है?'

'सामने ही तो बैठी है मैडम' बड़े साहब ने बी की ओर इशारा करते हुए कहा था।

गुरकादी बी को ऊँचा सुनायी देने लगा था। नज़र तो बहुत पहले कमज़ोर हो गयी थी। कुदरत का करिश्मा देखिये। पहले एक–एक करके ज्ञानेन्द्रियाँ विकसित करती है और फिर उसी क्रम में छीन लेती है। आँखें सबसे पहले खुलती हैं और सबसे पहले जाती रहती हैं।

'गुरकादी बी को छोड़कर सभी लोग बाहर चले जायें।' मधुमिता जी ने आदेश दिया था।

'मीता मेरे साथ ही रहेगी मन्त्री जी। मैं इसे बड़े साहब को ही सौंपूँगी।' गुरकादी बी ने ऊँची आवाज़ में कहा था।

'ठीक है, मीता गुरकादी बी के साथ ही रहेगी। बाक़ी लोग बाहर चले जायें।' मन्त्री जी ने फिर आदेश दिया था।

सभी दफ़्तर से बाहर चले गये थे। मधुमिता जी कुर्सी से उठकर गुरकादी बी के पास गयी थीं। पहले पैर छुए और फिर गले मिलकर रोने लगी थी।

'पहचाना नहीं बी। मैं मधुमिता ! तुम्हारी 'हनी', बी।

'वाहे बीर जी, तेरा ही आसरा।' बी ने अपनी 'हनी' यानी मधुमिता जी को बाँहों में भर लिया था।

'अब काहे आही हनी। मर जाण दिया होता।' यह कहते ही बी की आँखें भर आयी थीं।

'बीर जी दी प्यारी। जीण दी आस। तुहान्नु देखण खात्तर ही जिन्दा सी। अब मर जावैंगी। अब जीण दी चाह को ना। ओ मेरे बीर जी दी प्यारी।' बी विलाप करती जा रही थी।

मधुमिता जी ने अपना सिर बी के कन्धों पर डाल दिया था। काले चश्मे की परिधि को लाँघकर मोती से चमकते दो आँसू दोनों कपोलों पर ढलक गये थे। मीता भौचक्की थी। उसकी समझ में कुछ नहीं आ रहा था। सहमकर बी की टाँगों से लिपट गयी थी।

'मुझे माफ़ कर दो बी। मैंने आपको भूल जाने का पाप किया है। बीर जी मुझे कभी माफ़ नहीं करेंगे। पर आप तो माफ़ कर सकती हैं। मैं कैसे भूल जाऊँ कि मुझे सहारा देने के लिए आपने बेगुनाह होते हुए भी मेरे साथ ख़ुशी–ख़ुशी क़ैद काटना स्वीकार कर लिया था।

मेरी ख़ातिर भरा–पूरा परिवार छोड़ दिया था। आराम भरी ज़िन्दगी छोड़कर आप मेरी ख़ातिर जेल में आ गयी थीं। पुलिस बलि के बकरे ढूँढ़ रही थी। आपकी बेगुनाही उन्हें नज़र नहीं आयी थी। क़ानून, बड़े–बड़े वकील और जज सभी आपकी बेगुनाही नहीं पढ़ पाये थे। मुझे क़ानून ने बरी कर दिया था पर आपकी बेगुनाही में भी क़ानून ने गुनाह पढ़ लिया था। मैं जानती हूँ बी आप बेगुनाह थीं। सीता माता की तरह। मैं आपकी गुनहगार हूँ। मैं कैसे अपने आपको माफ़ कर पाऊँगी? आपके एहसानों का बोझ लेकर मैं कैसे जीऊँगी? मुझे माफ़ कर दो बी, माफ़ कर दो।'

मधुमिता जी ने बी के पैर पकड़ लिए थे। मीता सहमकर दूर खड़ी हो गयी थी।

बी का दिल पसीज गया था। दोनों हाथ मधुमिता जी के सिर पर रखकर बालों में अँगुलियाँ फेरनी शुरू कर दी थीं।

'तुहाड्डा कसूर को नी हनी। बीर जी ने एद्दी ही क़िस्मत बक्शी सी। ज़िन्दगी थोड़ी ही बाक़ी सी। ऊप्पर जाके बीर जी के दरबार विच अरदास पाऊँगी कि रब्बा आग्गै इन्सानी ज़िन्दगी ना बख्शणा। गर दुबारा इन्सान बणाणा ता दिमाग़ कड्ढ़ देणा। दिमाग़ की थांह भी दिल ही बख्शणा। दिमाग़ बहुत दुःख देत्ता सी। रब्बा दिमाग़ न देणा। दिमाग़ न देणा मेरे रब्बा।'

बी की आँखों में आँसुओं का सैलाब आ गया था। मीता फिर बी से लिपट गयी थी। उसने एक हाथ मधुमिता जी के कन्धे पर रख दिया था। वातावरण बोझिल हो गया था।

ऐसे सन्नाटे में मेरी भी रफ़्तार धीमी पड़ जाती है। हक़ीक़त में तो नहीं पर इन्सानों को ऐसा लगता है। भावनाओं के समुद्र में बहने से मिलने वाले सुकून को जितना हो सके लम्बा खींचने का लोभ इन्सान के समय के आभास को धीमा कर देता है। पर वक़्त का तकाज़ा होता है। वक़्त अपने आपको भूलने की इजाज़त किसी को भी नहीं देता। ड्योढ़ी में सन्तरी ने ग्यारह बजे का घण्टा बजा दिया था। सन्नाटा टूटते ही बी ने मधुमिता जी को जीवन का रहस्य सहज ही समझा दिया था–

'इन्सान केल्ला दुनिया विच आन्दा सी, केल्ला चला जान्दा सी। दुनिया विच मित्तर, प्यारे, रिश्तेदार होन्दे सी वक़्त दे नाल। समय बदलन नाल रिश्ते बदल जान्दै सी। रिश्तों दा कद्या भी मलाल नी रखणा। रिश्ते बणांदा हर कोई सी, पर निभाणे दा सलीका थोड़्या नू ही आन्दा सी। ज्योंकर रिश्ता न निभा सकयो, ता रिश्ता ना बणाणा। जो दगा देण वास्ते साथ लगे, उस नू भी रब्ब दा बन्दा समझ प्यार बख्शणा। जो कर सक्के तां इन्सान दी सेवा करणा। हर इन्सान नू अपणा ही समझणा।'

यह कहते–कहते बी ने मीता का हाथ पकड़कर उसे अपनी गोद में बिठा लिया था। बी कुर्सी पर बैठ गयी थी। मधुमिता जी भी सामने की कुर्सी पर बैठ गयी थीं।

काल चक्र की अपनी गति होती है। वह समद्रष्टा है और सम–सचेतक भी। काल के समक्ष हर कोई बेनकाब है। इन्सान अपने कर्मों की व्याख्या और समीक्षा अपने–अपने तरीक़े से करता है और यह हमेशा साबित करने की कोशिश करता रहता है कि ज़िन्दगी के उसके सारे फ़ैसले सही थे। ठीक भी है। गुण–सूत्रों के परस्पर समायोजन के सिद्धान्त का यही सार है कि कोई भी निर्णय ग़लत या सही नहीं होता, सही या ग़लत होती है उसकी व्याख्या। सभी निर्णय काल के अधीन होते हैं।

प्रत्येक निर्णय सार्थकता और उद्देश्य के दो पहियों पर सवार होता है। इसलिए वह सदैव सम्माननीय होना चाहिए। गुण–दोष निर्णय के परिणाम में छिपे होते हैं जिनका निर्णय से कोई वास्ता नहीं होता। गुण–दोष चिन्तन में होते हैं, निर्णय हमेशा एक विचार का साक्षी होता है। और विचार सम्माननीय होना चाहिए, क्योंकि विचारों का सिलसिला ही जीव को इन्सानी फ़ितरत का गवाह बनाता है। विचार प्रत्येक व्यक्ति का हक़ है और धरोहर भी। विचारों की पोटली में ही प्रगति का मूल निहित होता है। इसलिए कभी भी विचारधारा को मारने की ज़िद मत करना। विचार को मारने से पृथ्वी की घूर्णन गति धीमी पड़ जायेगी और यदि ऐसा हुआ तो काल अकाल बनकर कहर बरपायेगा। विचार किसी का भी हो, उसका हमेशा सम्मान होना चाहिए।

प्रत्येक व्यक्ति के गुण–सूत्र उसे एक विचित्र और विलक्षण व्यक्तित्व बनाते हैं। गुण–सूत्रों में कोई प्रतिस्पर्धा नहीं होती, सहज ही एक–दूसरे की उपस्थिति और महत्त्व को स्वीकार कर लेते हैं। आपसी समायोजन के सहारे ही गुण–सूत्रों के विकास और संवर्द्धन की सतत् प्रक्रिया सृष्टि के प्रारम्भ से चली आ रही है। आज मैंने अपने स्थायित्व का रहस्य प्रकट कर दिया है। समझ सको तो समझ लेना।

मैं, मैं नहीं, मैं जीवों के विचारों और चिन्तन का सामूहिक निरूपण हूँ। इसलिए सबके चिन्तन को अपने विचारों की यात्रा में यथोचित स्थान पर समायोजित करता रहता हूँ। हर किसी को उसके विचारों के अनुरूप फल देना मेरी नियति है, और प्रवृत्ति भी। हाँ ठीक ही समझ रहे हैं आप, मैं काल हूँ। हर किसी की सांसारिक यात्रा और विचार–वैतरणी का साक्षी मैं अपने में सबके जीवन–रहस्य सँजोये हुए हूँ।

हर किसी की स्मृति भी मैं हूँ और सन्ताप भी। ख़ुशी में भी मैं हूँ और दुखों का कारण भी। मेरा अपना कुछ नहीं है। मैं तुम सबका सामूहिक स्वरूप ही हूँ। कभी किरदार दिखाकर सही रास्ता दिखाता हूँ तो कभी गर्त में डालकर तुम्हारे विचारों की दिशा मोड़ने की कोशिश करता हूँ। खुद को जानने की कोशिश करोगे तो मुझमें मिल जाओगे। इसलिए केवल कर्म करो और अपने कर्मों और विचारों को मेरी धरोहर बनाते चलो।

ना मुझमें आसक्त हो और न मुझसे विरक्त। मेरी गति का बस एहसास भर करते चलो। इसी एहसास में तुम्हें जीवन–ऊर्जा मिलेगी और जीवन–पथ पर प्रकाश भी। जीवन में हमेशा उसी ऊर्जा और प्रकाश को ढूँढ़ने की कोशिश करना, यही परम गति का सन्मार्ग है।

गुरकादी बी और मधुमिता जी के बीच आज वही प्रकाश बनकर मैं अपनी उपस्थिति दर्ज़ करवा रहा हूँ। इस प्रकाश में हर रंग है। हर रंग का अपना एक मतलब है। उस मतलब को अभी यहाँ खोजने की कोशिश मत करना, उलझ जाओगे। इन रंगों की छटा से जब ऊब जाओगे तो मतलब अपने आप समझ में आ जायेगा।

फिर मुझमें विलीन हो जाओगे। अतीत बनकर मेरा हिस्सा बन जाओगे। मुझमें यही दोष है, अपनी गाथा सुनाने लग जाता हूँ। बी और मधुमिता की कहानी तो कहीं पीछे छूट गयी है।

'और दस्स, जेल से छूट जाण बाद बीर जी दी और की मेहर होई। जिन्दड़ी नू क्या बक्शया।' बी ने मधुमिता जी के हाथ पर हाथ फेरते हुए पूछा था।

'कुछ नहीं बी। आपको तो पता है थाने में बिताये गये नौ दिन और जेल में बिताये एक साल ने ज़िन्दगी बदल कर रख दी थी। सोचने–समझने की शक्ति नष्ट हो गयी थी। हर मर्द में भेड़िया नज़र आने लगा था और हर औरत में लोमड़ी। इन्सानियत से भरोसा उठ गया था। मम्मी–पापा जेल पर लेने के लिए आये थे। वकील साहिबा और दीदी भी आयी थी।' मधुमिता जी अपनी कहानी सुनाने लगी थीं।

'मम्मी–पापा एक साल में ही बूढ़े लगने लगे थे। कुछ नहीं बोले थे। इतने में मीनू मैट्रन आ गयी थी। उसने कहा कि नेकचलनी की ज़मानत के क़ागज़ भरवाने हैं। ज़मानती कौन है? मम्मी–पापा हक्के–बक्के रह गये थे। उन्हें नहीं पता था कि मुक़दमे में बरी होने के बाद भी जेल से छूटने से पहले नेकचलनी की गारण्टी देनी होती है, मानो अदालत के बरी करने के फ़ैसले को सरकारी व्यवस्था पूरा न मानती हो।' मधुमिता जी ने व्यवस्था का मज़ाक़ उड़ाया था। उसी व्यवस्था का जिसका एक ओहदेदार बनकर अब वह एक महत्त्वपूर्ण हिस्सा बन चुकी थीं।

नेकचलनी की ज़मानत का मतलब मुझे आज तक समझ में नहीं आया है। बरी हो जाने का मतलब होता है कि अभियुक्त के ख़िलाफ़ पुलिस द्वारा बनाया गया मुक़दमा या तो झूठा था या मुक़दमे में सज़ा देने लायक पर्याप्त सबूतों का अभाव था। यानी गुनाह साबित ही नहीं हुआ था। फिर व्यवस्था किस बात की नेकचलनी की गारण्टी माँगती है? कारागार क़ैदियों को सुधारने की फ़ैक्टरी है। कारागार प्रशासन यह दावा करता है कि सज़ा काटते–काटते क़ैदी सुधर जाते हैं। यानी सज़ा काटना क़ैदी के सुधार की गारण्टी है।

यदि ऐसा है तो फिर सज़ा काट लेने के बाद नेकचलनी की ज़मानत क्यों? और यदि ऐसा नहीं है तो फिर क़ैद क्यों? दोनों में से एक बात सच है। यह प्रश्न यहीं छोड़ मैं मधुमिता जी की कहानी में आगे बढ़ता हूँ।

मीनू मैट्रन ने जब मधुमिता जी से ज़मानती माँगे तो उसके होश उड़ गये थे क्योंकि उसके मम्मी–पापा कोई ज़मानती साथ लेकर नहीं आये थे।

'ज़मानती तो साथ नहीं आये मैडम जी। हमें पता ही नहीं था कि ज़मानती लाने होते हैं।' मधुमिता जी के पिता ने मीनू मैट्रन से कहा था।

'मैडम जी नहीं, हैड मैट्रन कहिए। मेरे कन्धे पर लगी फीत नहीं दिखती क्या? मीनू किसी की ऐसी गुस्ताख़ी माफ़ नहीं करती। इसका ख़मियाज़ा भुगतना पड़ेगा। ए मधु , चल अन्दर। तेरी रिहाई के क़ागज़ात अभी पूरे नहीं हैं।'

मधुमिता के होश उड़ गये थे। जेल की सलाख़ों से मुक्त होकर खुले वातावरण में साँस लेने का सुख छिनने की आहट भर से मधुमिता जी का रंग फीका पड़ गया था। उसे फिर जेल के सींखचे दिखायी देने लगे थे।

'वकील साहिबा क्या कुछ हो सकता है?' मधुमिता ने अपनी वकील राखी की तरफ़ मुड़ कर देखा था।

'घबराओ नहीं मधुमिता। मैं ज़मानती साथ लेकर आयी हूँ। तुम्हारे पुराने ज़मानतियों ने सरकारी दबाव में आकर ज़मानत देने से मना कर दिया था। नीता जी ने तुम्हारी ज़मानत देना स्वीकार कर लिया है। इसलिए वह मेरे साथ आयी हैं। चलो हैड मैट्रन साहिबा, मैं और नीता तुम्हारे क़ागज़ात पूरे करवा देती हैं। और हाँ एक बात ध्यान से सुनना मीनू हैड मैट्रन साहिबा। गुस्ताख़ी माफ़ नहीं की जाती। हर किसी को अपनी गुस्ताख़ियों का हिसाब देना पड़ता है। दुनिया का यही दस्तूर है।'

राखी साहिबा मधुमिता की वकील थी। थाने में पुलिस रिमांड़ के दौरान बिताये गये नौ दिनों में पुरुषों की उपस्थिति से मधुमिता इतनी

भयभीत हो गयी थी कि उसने अपने माता–पिता से अपने लिए केवल और केवल महिला वकील की माँग की थी। मधुमिता का वकील बनने के लिए पुरुषों की लम्बी कतार लग गयी थी। कईं तो मुफ़्त में मुक़दमा लड़ने को तैयार थे। कइयों ने अपने आप ही अदालत में वकालतनामा दाख़िल करके मधुमिता जी का वकील होने का दावा ठोंक दिया था। पुरुष जात ही ऐसी है। इसका क्या बखान करूँ? औरत फँसी नहीं कि फन्दा काटकर उसे अपने जाल में फँसाने की उधेड़–बुन में उलझ जाते हैं। काश! खुदा मर्दों को जाल बुनने की तौफ़ीक ही अता न फरमाता।

मधुमिता के माता–पिता ने पार्वतीपुर अदालत की सभी महिला वकीलों से सम्पर्क किया था। वहाँ गिनती की ही महिला वकील थीं। एक–एक करके सभी महिला वकीलों ने मधुमिता जी का मुक़दमा लड़ने से इनकार कर दिया था। पुलिस ने सभी महिला वकीलों को तरह–तरह से दबाव में लाकर मधुमिता का मुक़दमा न लड़ने के लिए बाध्य कर दिया था। पुलिस को डर था कि महिला वकील को मधुमिता वह सब कुछ बेझिझक बता देगी जो उसके साथ पुलिस रिमांड़ के दौरान थाने में घटित हुआ था।

राखी देवीनगर में वकालत करती हैं। उन्हें एक महिला थानेदारनी ने मधुमिता के साथ थाने में हुए दुर्व्यवहार के बारे में बताया था। उनके अन्दर की औरत उन्हें उसी दिन से धिक्कार रही थी। आख़िर स्त्री–सम्मान की रक्षा का प्रण लेकर ही उन्होंने वकालत का पेशा अपनाया था। राखी जी के एक पुराने मुवक्किल ने मधुमिता के माता–पिता के कहने पर राखी जी को मधुमिता का मुक़दमा लड़ने की पेशकश की थी। राखी जी ने यह पेशकश सहर्ष स्वीकार कर ली थी।

नीता पेशे से मनोवैज्ञानिक है। पार्वतीपुर जेल में महिला क़ैदियों को भावनात्मक सुरक्षा का परामर्श देने के उद्‌देश्य से जेल वाले उन्हें जेल में बुलाते रहते हैं। इसलिए नीता जी को भी मधुमिता के साथ हुई बेइन्साफ़ी का पता था, पर वह कुछ कर नहीं सकती थीं।

'जेल से छूटने के बाद मैं मम्मी–पापा के साथ अम्बरकोट चली गयी थी। अम्बिकापुर मठ को पुलिस ने बन्द करवा दिया था।

मठ में रहने वाले अनुयायी पुलिस के डर से अपना–अपना घर और कारोबार छोड़ कर वहाँ से चले गये थे। जिन्होंने मठ छोड़ने से मना कर दिया था उन्हें पुलिस ने गिरफ़्तार कर लिया था। मम्मी–पापा ने अम्बरकोट में मामा के घर पर पनाह ली थी। कारोबार छूट गया था। अपने ही देश में दूसरी बार फिर से विस्थापित हो गये थे।' यह कहते–कहते मधुमिता जी की आँखें नम हो गयी थीं।

मधुमिता के पिता राम रक्खा दस वर्ष के थे जब उनके परिवार को देश के बँटवारे के समय लाहौर से विस्थापित होना पड़ा था। सरकार ने उन्हें अम्बिकापुर में विस्थापित कैम्प में रखा था। धीरे–धीरे राम रक्खा का परिवार वहीं बस गया था। अपनी मेहनत के बलबूते पर राम रक्खा के परिवार ने बहुत तरक़्क़ी की थी और उन्होंने अपना अच्छा कारोबार जमा लिया था।

विस्थापित होने का दर्द और उससे जुड़ी परेशानियाँ राम रक्खा के लिए कोई नयी बात नहीं थी, लेकिन मधुमिता के लिए यह एक सदमा था। लाहौर के दिनों से ही राम रक्खा का परिवार अम्बिकापुर के पाह जी मठ का अनुयायी था। विस्थापित होने के बाद भी परिवार ने मठ में आस्था बनाये रखी थी। राम रक्खा अपने पिता जी के साथ हर अमावस मठ में सत्संग के लिए जाते थे। मठ में उनकी आस्था का समुद्र इतना गहरा था कि विस्थापन की त्रासदी राम रक्खा के परिवार ने बड़ी आसानी से झेल ली थी। राम रक्खा के पिता जी उसे अक्सर कहा करते थे–

'बेटा, जिन्दड़ी बार बार ना मिलदी हन। गुरु नाल आस्था एक बार ही जुड़दी हन। इन्नानु नी बदलना। जिन्दड़ी खो देणा, पर आस्था नु हरी रखणा।'

राम रक्खा ने अपने पिता जी की सीख का जीवन–पर्यन्त पालन किया था। मठ में उनकी आस्था इतनी गहरी हो गयी थी कि मधुमिता के जन्म के बाद उन्होंने सारा कारोबार और घर अम्बिकापुर मठ में ही स्थापित कर लिया था।

अम्बिकापुर मठ बन्द कर दिये जाने के बाद राम रक्खा का परिवार एक बार फिर विस्थापित हो गया था। फ़र्क़ सिर्फ़ इतना था

कि पहले विस्थापन के समय राम रक्खा को विस्थापन एक कौतूहल लगा था क्योंकि बचपन में सिर पर पिता का साया था। इस बार का विस्थापन उसके लिए दुःखों का पहाड़ बनकर आया था क्योंकि परिवार की सारी ज़िम्मेदारी उसके ख़ुद के सिर पर थी। जीवन के शुरू में यदि विस्थापन हो जाये तो ज़िन्दगी फिर आसानी से स्थापित हो जाती है। परन्तु जीवन की साँझ में विस्थापित होने वाले अक्सर टूट जाया करते हैं, ठीक उसी प्रकार जैसे पौधशाला से पौध को खेत में रोपने पर फ़सल लहला उठती है, परन्तु भरपूर यौवन में प्रतिस्थापित किये गये वृक्ष बिरले ही हरे हो पाते हैं। राम रक्खा का परिवार बिखर कर टूट गया था। दो जून की रोटी के भी लाले पड़ गये थे।

'बीर जी का क्या हुआ हनी?' बी ने मधुमिता जी से पूछा था।

'बीर जी की क्या बताऊँ बी। आपको तो सब पता है। अभी भी शिवकाशी जेल में क़ैद काट रहे हैं।' यह कहते–कहते मधुमिता जी का गला रुँध गया था।

बीर जी, मधुमिता जी और गुरकादी बी के गुरु थे। पाह जी अम्बिकापुर मठ के मुखी थे जब बी ने मठ से नामदान लिया था। पाह जी ने अपने जीते जी ही बीर जी को गद्दीनशीन कर दिया था। कइयों की नज़र मठ की गद्दी पर थी। वे सभी रातोंरात बीर जी के दुश्मन बन गये थे।

बीर जी एक साधारण परिवार से आते थे। उनका परिवार अम्बिकापुर मठ का अनुयायी था। बालक बीर जी हमेशा अपने पिताजी के साथ मठ पर जाया करते थे। एक दिन पाह जी की नज़र बालक बीर जी पर पड़ी थी। पाह जी ने उसी क्षण बालक बीर जी को अपना वारिस घोषित करते हुए उन्हें अपने पास गद्दी पर बिठा लिया था।

'आज से यह बेटा मठ का हो गया है ज्ञान कौर।' पाह जी ने बालक बीर जी की माता जी को कहा था।

'साड्ढे बड़भाग पाह जी। असी तौं धन्न हो गये।' ज्ञान कौर ने बिना कुछ सोचे–समझे बालक बीर जी का हाथ पाह जी को थमा दिया था।

'साध संगत जी। मठ नूँ नया वारिस मिल गया है। बहुत दिनों से सुरती लगते ही शाह जी सामने आकर खड़े हो जाते थे और कहते– गद्दी पचास साल वास्ते किसी बालक नूँ सौंप दे पाह जी। आज शाह जी की मुराद पूरी हो गयी है। मठ की गद्दी को उसका वारिस मिल गया है। संगत उसे बीर जी के नाम से जानेगी।' यह घोषणा करते हुए पाह जी ने बालक बीर जी को अपने साथ गद्दी पर बिठा लिया था। बालक बीर जी की उम्र उस समय लगभग चौदह वर्ष थी।

'दस्तारबन्दी' अगली अमावस मठ में होगी।' पाह जी ने बालक बीर जी की गद्दीनशीनी की औपचारिकताओं को पूरी करने की तारीख़ धर दी थी।

'अगली अमावस के दिन अम्बिकापुर मठ में संगत जुड़ने लगी थी। सौ एकड़ के मठ में कहीं भी तिल रखने की जगह नहीं थी। पाह जी का सत्संग दरबार सज गया था। संगत पाह जी के सम्मान में लगातार गगनभेदी जयकारे लगा रही थी। पाह जी गद्दी पर आकर बैठ गये थे। पाह जी के बराबर में पहली बार एक और गद्दी लगी थी जिस पर बालक बीर जी विराजमान थे। पाह जी के माइक थामते ही संगत में सन्नाटा पसर गया था।

'साध संगत जी। वाहे शाह जी, वाहे शाह जी, तेरा ही सहारा। तू ही तू है। तू ही तू है। साध संगत है। असी कुछ भी नहीं। वाहे शाह जी, वाहे शाह जी।' पाह जी ने सत्संग शुरू कर दिया था।

'मुझे बक्शणा शाह जी, साध संगत नू बक्शणा। जो करे पाप माफ़ी देणा। सरबत दा भला। सरबत दा भला। साध संगत जी, बड्डे दिनां नाल आत्मा परमात्मा दे मिलने दी चाह विच उत्साहित सी। शाह जी दा हुक्म होया गद्दी वारिस नूं सौंप दूँ। शाह जी दा हुक्म सी कि दुनिया बद्दल रही सी। असीं भी गर नहीं बदलांगे तो पाप पल्ले पड़ जैंगे। प्रकृति दा कायदा सी कि वक़्त नाल जो नां बदलया तां बरबाद हो जान्दा सी। दुनियां विच जात–पात, तै धरम नूं लेकर मार–काट मची सन्न। कोई गद्दी खात्तर मर मिटण नू तैयार सी, तां कोई पेट भरण खात्तर हर रोज़ जंग लड़ रहा सी।

समाज विच अशान्ति सन्न, पाप बढ़ रहे सन्न। दानी घट रहे सन्न। पापी बढ़ गये सन्न। वंड के खाण दी आदत लोगों में समापत होंदी जा रही सन्न। मनुखता में घटोतरी होंदी जा रही सन्न। कन्याएँ पेट में ही कत्ल कित्ती जा रही सन्न। नशा बढ़ गया सन्न। पापियों दे नाल जंग ज़रूरी हो गयी सन्न। इस लड़ाई विच लंगर दी परमपरा जरूरी सन्न। इस वास्ते धन की कमी महसूस होण लगी सन्न। इस जंग को जीत्तण वास्ते सरबत दा साथ–सहयोग भी चाहिदा सन्न, अर धन अर्जन वास्ते नवे तौर–तरीक़े ढूँढ़ण दी दरकार भी सन्न। साड्ढ़ी परमपरा ऐसी ना सी। नवीं परमपरा दी शुरुआत करण दी दरकार सन्न। नवीं पीढ़ी दी सोच नाल मठ दी परमपरा नूं बदलण दा समा आ गया सन्न, साध संगत जी।'

पाह जी संगत को सम्बोधित कर रहे थे। संगत चुपचाप सुन रही थी।

'साध संगत जी। शाह जी पंचस बरस सेवा दा जिम्मा मुझे बक्श गये सी। आज पंचस बरस पूरण हो गये सन्न। आगे मेरी एक दिन की भी सेवा शाह जी नूं कबूल नी होगी। मेरे नाल अगला सेवक मौजूद सन्न। शाह जी दा फरमान होया कि उसनूं 'बीर जी' दे नाम नाल संगत पुकारे।'

पाह जी ने इशारा करके सेवादारों को बुला लिया था। बालक बीर जी की दस्तारबन्दी की रस्म शुरू हो गयी थी। पाह जी ने मठ की मोरपंखी की मेहर बालक बीर जी को सौंप दी थी। मोरपंखी की मेहर मठ की सत्ता का प्रतीक थी जो पाह जी को शाह जी से मिली थी। पाह जी ने परम्परागत मोरपंखी की मेहर बालक बीर जी को सौंप कर जयकारा लगाया था–'वाहे बीर जी तेरा ही सहारा।' जयकारा सुनते ही संगत ने 'वाहे बीर जी तेरा ही सहारा' के उद्‌घोष से आकाश गुंजायमान कर दिया था। पाह जी ने बालक बीर जी को मठ की परम्परागत गद्दी सौंप दी थी। सेवादारों ने परम्परागत तरीक़े से नये मठाधीश की गद्दीनशीनी की सारी रस्में पूरी करवाई थीं। मठ को नया मुखी मिल गया था। पाह जी कुटिया में चले गये थे।

'साध संगत जी। पाह जी का आदेश सर माथे पर। शाह जी, पाह जी और आप सभी को हाज़िर–नाजिर मानकर मैं इस गद्दी पर बैठने की इज़ाज़त चाहता हूँ।' बीर जी ने गद्दी की तरफ़ क़दम बढ़ाने से पहले संगत से पूछा था।

'तू ही बीर जी, तू ही बीर जी, तेरा ही सहारा' के जयघोष से पंडाल गूँज गया था। सेवादारों ने बीर जी को गद्दी पर विराजमान कर दिया था। बीर जी ने मोरपंखी की मेहर संगत पर फहराई थी। बीर जी संगत से मुख़ातिब हो गये थे।

'साध संगत जी,
वाहे मनुख जी, वाहे मनुख जी,*
तू ही तू है, तू ही तू।
शाह भी तू, पाह भी तू,
तू ही बीर जी, संगत भी तू,
धन धन मनुख, धन धन संगत,
धन धन मनुख, तेरा ही सहारा।

बोल साध संगत की जय।'

बीर जी की वाणी में जोश भी था, बुलन्दी भी।

'तू ही बीर जी, तू ही बीर जी, बीर जी तेरा ही सहारा।' साध संगत हाथ जोड़कर खड़ी हो गयी थी। बीर जी ने मोरपंखी की मेहर घुमाकर साध संगत को बैठने का इशारा किया था। बीर जी जिस ओर मोरपंखी घुमाते साध संगत शीश नवा कर अपने स्थान पर बैठती जा रही थी।

मैं विस्मित था। कौन कहता है भारतीय समाज अनुशासनहीन है? साध संगत का निरंकुश अनुशासन देखकर मुझे विश्वास हो गया है कि एक दिन हिन्दुस्तान पुनः अनुशासित होकर दुनिया पर फिर राज करेगा। धर्म–गुरुओं ने समाज को अनुशासन का पाठ पढ़ाना जो शुरू कर दिया है। अनुशासन के बलबूते पर ही मैंने इंग्लैंड

---

*मनुष्य।

जैसे छोटे से द्वीप को संसार का सिरमौर बनते देखा है। समाज को अनुशासित करने में धर्म–गुरुओं की भूमिका को हमें स्वीकार कर लेना चाहिए।

इसी भू–भाग में जन्मे स्वामी विवेकानन्द का वह भाषण आज मुझे स्मरण हो आया था जिसमें उन्होंने कहा था कि भारतीय सभ्यता की धुरी उनकी आस्था है। उनकी आस्था से छेड़छाड़ करने की भूल किसी को नहीं करनी चाहिए। जिसने भी उनकी व्यक्तिगत आस्था से छेड़छाड़ करने की कोशिश की उसे उन्होंने कभी स्वीकार नहीं किया। आस्था की बदौलत ही भारतीय संस्कृति आज भी स्थापित है, बावजूद इसके कि इस पर लगातार विदेशी आक्रमण होते रहे हैं। मैं उन कितनी ही सभ्यताओं के विनाश का साक्षी हूँ जो आस्थाविहीन अवधारणाओं पर आधारित थीं। परन्तु यह विचारणीय है कि स्वामी विवेकानन्द जिस भारतीय संस्कृति के पोषक थे क्या वह वैदिक संस्कृति और सभ्यता भारत में आज उसी स्वरूप में विद्यमान है? मैं इस पर हामी नहीं भरता। सब कुछ बदल रहा है। पाह जी ने दुनिया के बदलने की बात कहते हुए जब गद्दी अगले वारिस क़ो सौंपने का फ़ैसला लिया था, शायद इसी बदलते परिवेश की ओर इशारा किया था। यह देखना अभी बाक़ी है कि बदलती दुनिया में क्या आस्था के आयाम भी बदलेंगे? यदि बदलेंगे तो उनका क्या स्वरूप होगा?

बीर जी का सत्संग सुनने के लिए संगत शान्त होकर बैठ गयी थी। बीर जी ने प्रवचन शुरू कर दिया था। चारों तरफ़ वैसा ही सन्नाटा था जैसा युग परिवर्तन के समय होता है। यह सन्नाटा आशा और निराशा का सम्मिश्रण था। निराशा वर्तमान के अतीत हो जाने की, और आशा भविष्य में क़दम रखने की। मैं अनेक बार युग परिवर्तन का साक्षी रहा हूँ। श्रद्धा और मनु से लेकर आज तक, जब भी युग बदला है उसकी आहट जननायकों और धार्मिक गुरुओं के प्रवचनों में स्पष्ट सुनी जा सकती थी। आज भी कुछ ऐसी ही आहट मेरे स्मृति पटल पर दस्तक दे रही थी। मैं कुछ सुन रहा था–

'साध संगत जी, संगत को समय के साथ चलना चाहिए। देश में धर्म, जाति, फिरके और क्षेत्र को लेकर हर रोज़ नये–नये फ़साद हो रहे हैं। हम भूल गये हैं कि हम सभी एक नूर से उपजे हैं और उसी नूर में जाकर मिल जायेंगे। सारे झगड़े–विवाद भूलकर उसी नूर की इबादत करनी चाहिए जिसे कोई राम, कोई अल्लाह, कोई वाहे गुरु तो कोई जीसस के नाम से पुकारता है। शाह जी का मठ आज के बाद सारे धर्मों की सामूहिक इबादतगाह होगी। मठ के अनुयायियों का एक ही धर्म होगा–'मनुखता'। संगत मनुखता की पुजारी होगी और एक–दूसरे को 'मनुख' कहकर ही सम्बोधित करेगी। आज के बाद मठ की इबादत इस प्रकार होगी–

'वाहे मनुख जी, वाहे मनुख जी,
तू ही तू है, तू ही तू।
शाह भी तू, पाह भी तू,
तू ही बीर जी, संगत भी तू,
धन धन मनुख, धन धन संगत,
धन धन मनुख, तेरा ही सहारा जी।'

साध संगत एक–दूसरे को मिलते समय 'धन धन मनुख, तेरा ही सहारा' कहकर दुआ–सलाम करेगी।

मेरा अनुमान सही साबित होता नज़र आने लगा था। शाह जी मठ में युग परिवर्तन हो रहा था। आश्चर्य इस बात का था कि एक चौदह वर्ष का बालक एक ही दिन में परिवर्तन का सूत्रधार बन गया था। उसे तनिक भी आशंका नहीं थी कि संगत इतने बड़े परिवर्तन को स्वीकार करेगी भी या नहीं।

बीर जी एक के बाद एक अनेक सामाजिक कुरीतियों और अन्धविश्वासों पर चोट कर रहे थे। संगत स्तब्ध थी। उन्हें अभी तक मन को शान्ति देने वाले सबद और प्रवचन सुनने की आदत थी। पहली बार किसी गुरु ने उनको सोचने पर मजबूर किया था। अध्यात्म और आस्था के साथ सामाजिक सरोकारों को जोड़ा था।

'एक इजाज़त आपसे और चाहते हैं साध संगत जी। हम चाहेंगे कि संगत में से जो भी चाहे मठ में अपना घर बनाये और यहीं से अपना कारोबार चलाये। इस प्रकार मठ की आत्मा को पवित्र चोला मिल जायेगा। यहाँ रहने वाली सगंत शाह जी का साक्षात् स्वरूप होगी।'

बीर जी ने बड़ी सहजता के साथ मठ को आबाद करने की योजना सिरे चढ़ा दी थी। मैं बीर जी की परिपक्वता का कायल हो गया था। जिस समस्या का समाधान शाह जी और पाह जी नहीं कर पाये थे, बीर जी ने उसे एक पल में हल कर दिया था। मठ की सौ एकड़ ज़मीन पर आस–पास के किसानों ने क़ब्ज़ा करना शुरू कर दिया था। फ़सल दर फ़सल इंच–इंच करके मठ की ज़मीन को पड़ोस के किसान अपने खेतों में मिला लेते थे। सारी प्रक्रिया इतनी सहज और सरल थी कि किसी को पता तक नहीं चलता था। इसका पता तब चला था जब चकबन्दी हुई थी। मठ का रकबा घटकर अस्सी एकड़ ही निकला था। चकबन्दी में हुई निशानदेही से मठ की ज़मीन मठ को वापस मिल गयी थी लेकिन उस पर फिर से क़ब्ज़ा हो जाने का डर था।

मैं टकटकी लगाये बालक से बीर जी बने मठ के इस नये अवतार को निहार रहा था। बीर जी का प्रवचन निर्बाध जारी था।

'हम एक इल्तिज़ा और करना चाहेंगे साध संगत जी। हमारे बच्चे हमसे दूर होते जा रहे हैं। उनकी सोच भौतिकवादी हो चुकी है। हरेक गतिविधि में नफ़ा–नुक़सान देखना उनकी आदत बन गयी है। अकेले अध्यात्म की घुट्टी से उनके मन का उपचार नहीं किया सकता। अध्यात्म के साथ–साथ अर्थ और अर्थ के साथ जब तक मनोरंजन नहीं जुड़ेगा नयी पीढ़ी हमारे साथ नहीं आयेगी। वाणिज्य, व्यापार और मनोरंजन की घुट्टी में अध्यात्म की पुड़िया घोलकर ही भविष्य को वर्तमान के साथ जोड़ा जा सकता है। हम इसका प्रयोग भी करेंगे। एक बात और कहना चाहूँगा साध संगत जी। आजकल के युवा स्वतन्त्र विचार और स्वतन्त्रता के पक्षधर हैं। सारी शक्तियाँ एक ही हाथ में केन्द्रित हों ऐसा उन्हें पसन्द नहीं है।

मठ में काम और ज़िम्मेदारियों का बँटवारा करना बेहद ज़रूरी है। मठ के कामकाज को देखने के लिए एक पचास मैम्बरी कमान होगी जिसमें अलग–अलग विभाग होंगे। राजनीतिक, वाणिज्य, सेहत, शिक्षा, खाद्य, वित्त और देश–प्रदेश विभाग जैसी इकाइयाँ मठ के कामकाज को स्वतन्त्र परन्तु परस्पर समन्वय के साथ चलायेंगी। साध–संगत में से जो भी व्यक्ति इन विभागों में सेवा देना चाहते हैं अपना नाम लिखवा दें।'

काम के बँटवारे का यह तरीक़ा आधुनिक प्रबन्धन का मूल–सूत्र था। परन्तु चौदह वर्ष का बालक बीर जी आधुनिक प्रबन्धन की विधा में कैसे इतनी जल्दी निपुण हो गया यह रहस्य आज तक बना हुआ है?

'हमारा यह मानना है कि जनता के दुःखों को दूर किये बिना रूहानी सत्संग बेमानी है। और दुखों को दूर करने के लिए धन आवश्यक है, इसलिए धनोपार्जन के उपाय ढूँढ़ना बेहद ज़रूरी है। परन्तु धन में बरकत तभी आती है जब उसमें सबकी हिस्सेदारी हो। हमारी यह इच्छा है कि मठ के सभी अनुयायी अपनी आमदनी का एक प्रतिशत हिस्सा मठ में ज़रूर दें। इस धन से मठ आर्थिक गतिविधियाँ चलायेगा क्योंकि धन ही धन को कमाता है।'

बीर जी ने मठ की आगामी पचास साल की योजना स्पष्ट कर दी थी। जिस दुनिया को बदलने का ज़िक्र पाह जी ने अपने आख़िरी सत्संग में करके मठ की दशा और दिशा बदलने के संकेत दिये थे उसकी रूप रेखा बीर जी ने अपने पहले ही सत्संग में प्रतिस्थापित कर दी थी। संगत में गहरा सन्नाटा पसर गया था। हर कोई नये युग के आह्वान का साक्षी जो बन रहा था।

मैं जानता हूँ जब–जब युग परिवर्तन हुआ है उसका सूत्रधार नयी पीढ़ी का ही कोई नायक बना है। पर मुझे यह आश्चर्य था कि मात्र चौदह वर्ष की आयु में कोई व्यक्ति कैसे इतने बड़े क्रान्तिकारी परिवर्तन का प्रणेता एक ही दिन में बन सकता है? ऐसे ही कुछ ऐतिहासिक प्रणेताओं, अकबर और शिवाजी का स्मरण करके मैं अपनी गति में व्यस्त हो गया था।

प्रकृति की विडम्बना है कोई वृक्ष दस साल में फल देता है और कोई पहले ही वर्ष में फल देना शुरू कर देता है। प्रकृति का आशीर्वाद समझकर मैंने बीर जी के अस्तित्व को जैसा था वैसा ही स्वीकार कर लिया था। पर एक शंका ने मन अशान्त कर दिया था। जो वृक्ष पहले ही वर्ष में फल देना शुरू कर देते हैं उनकी आयु लम्बी नहीं होती। क्या बीर जी पचास साल तक मठ का नेतृत्व कर पायेंगे? यह प्रश्न मन में घर कर गया था। बचपन का कौतूहल जिज्ञासा उत्पन्न करने में तो सक्षम होता है परन्तु जिज्ञासु के हर प्रश्न का उत्तर देने की क्षमता नहीं रखता। यदि ऐसा न होता तो बचपन अपने मायने खो देता। यह सोचकर मैंने अपने प्रश्न का समाधान भविष्य के हवाले कर दिया था। बचपन अपने आप में ही एक प्रश्न है और उसका उत्तर भी। बचपन पल–पल होते परिवर्तन का पर्यायवाची है। इसलिए हर पल का समाधान उसी क्षण उसके पास हो ऐसा सम्भव नहीं हो सकता। परन्तु यह भी सही है कि चराचर जगत में बचपन के माध्यम से परिवर्तन का उद्‌घोष होना सदा अपेक्षित नहीं होता। बचपन तभी बचपन कहलाता है जब वह प्रश्न करे। उत्तर मिले या न मिले हमेशा जिज्ञासु नज़र आये।

बीर जी के उद्‌घोष में प्रश्न भी थे और उनके उत्तर भी। अपनी योजना की सफलता को लेकर वह ज़रा भी आशंकित नज़र नहीं आये थे। बीर जी की कहानी यहीं छोड़कर मैं फिर पार्वतीपुर जेल में चल रहे घटनाक्रम का साक्षी बनता हूँ।

'ये आंटी कौन है बी?' मीता ने बी से पूछा था।

मधुमिता जी ने मीता का हाथ पकड़कर उसे अपने पास बैठा लिया था।

'मैं बी की बेटी हूँ बच्ची। तुम्हारा क्या नाम है?' मधुमिता जी ने पूछा था।

'मेरा नाम मीता है, अगर आप बी की बेटी हैं तो क्या आपको भी मेरी तरह सरकार बी से दूर ले गयी थी।'

मधुमिता जी ने मीता के प्रश्न का उत्तर नहीं दिया था।

मीता के मन–मस्तिष्क में नये सरकारी घर का सपना कौतूहल का कारण बना हुआ था। बचपन होता ही ऐसा है। जो नहीं मिल सकता उसे पाने की ज़िद करता है। जो मिला है उससे सन्तुष्ट नहीं होता। हर पल नये अनुभवों का गवाह जो बनता है। सब कुछ पहली बार घटित होते देखना बचपन में जिज्ञासा भर देता है। जिज्ञासा और चंचलता जुड़वाँ बहनें होती हैं। एक के उत्पन्न होते ही दूसरी तुरन्त उपस्थित हो जाती है। जिज्ञासा मस्तिष्क की पुत्री है, चंचलता मन की अतिथि। चंचलता आती–जाती रहती है परन्तु जिज्ञासा तब तक साथ नहीं छोड़ती जब तक उसे ठौर नहीं मिल जाती। मीता ने फिर प्रश्न किया था–

'बताओ ना, आप बी के साथ क्यों नहीं रही?' मीता मधुमिता जी की अँगुली में पहनी हुई अँगूठी देखकर उस पर मोहित हो गयी थी। अँगूठी में जड़े हीरे की चमक देखकर वह उसे बार–बार छू कर देख रही थी और खेलने का उपक्रम कर रही थी।

बी और मधुमिता जी दोनों संवादहीनता की स्थिति में पहुँचकर अतीत की यादों में खो गयी थीं।

मधुमिता जी बारह वर्ष की थीं जब उनके पिता राम रक्खा ने अम्बिकापुर मठ में अपना घर–कारोबार स्थापित कर लिया था। बालक बीर जी तब तक एक परिपक्व युवा धर्मगुरु के रूप में ख्याति अर्जित कर चुके थे।

अम्बिकापुर मठ के अनुयायियों की संख्या करोड़ों में पहुँच गयी थी। राम रक्खा मठ की प्रबन्धन समिति के प्रमुख सदस्य बन गये थे। मठ की आर्थिक गतिविधियाँ लगातार बढ़ती जा रही थीं। दैनिक उपयोग की सभी वस्तुएँ मठ में बन रही थीं। मठ के अनुयायी मठ में बने उत्पाद ही उपयोग करने लगे थे। मठ व्यावसायिक गतिविधियों का बहुत बड़ा केन्द्र बन गया था। राम रक्खा मसाले तैयार करता था और बीर जी के ब्रांड नाम से मठ को सप्लाई करता था। उसका व्यापार ख़ूब फल–फूल रहा था।

मधुमिता ने मठ द्वारा संचालित स्कूल में दाख़िला ले लिया था। तीन भाई–बहनों में मधुमिता सबसे बड़ी थी। एक छोटा भाई और बहन भी मधुमिता के साथ स्कूल में पढ़ने जाती थी। आज्ञाकारी, अनुशासित और सुव्यवस्थित होने के साथ–साथ मधुमिता को बचपन में अभिनय करने का बहुत शौक़ था। स्कूल के हर समारोह में उनकी कोई–न–कोई प्रस्तुति ज़रूर होती थी। राम रक्खा का भरा–पूरा परिवार मठ में रह रहे दूसरे परिवारों के लिए आदर्श परिवार था।

मधुमिता को बीर जी के सत्संग में बचपन से ही रुचि थी। प्रत्येक इतवार अपने माता–पिता के साथ घण्टों बैठकर सत्संग सुना करती थी। आस–पड़ोस के बच्चों को इकट्ठा करके ख़ुद बीर जी बनकर प्रवचन भी किया करती थी। उसे देखकर कभी–कभी मन में यह विचार उत्पन्न होता था कि अम्बिकापुर मठ की अगली वारिस कहीं मधुमिता ही तो नहीं बनने जा रही है।

बीर जी का बाल–विवाह हुआ था। बीर जी के पिता और उनकी बालिका–वधू के पिता बहुत गहरे मित्र थे। जब दोनों मित्रों की पत्नियाँ गर्भवती थीं तो दोनों ने निर्णय कर लिया था कि होने वाले दोनों बच्चे यदि लड़का–लड़की हुए तो उनकी शादी उनके पहले जन्म–दिन पर ही कर दी जायेगी। ऐसा ही हुआ भी था। बालक बीर जी और उनकी बालिका–वधू सतनाम कौर अपने–अपने माता–पिता के घर रहते हुए भी पति–पत्नी बन चुके थे।

बीर जी के गद्दीनसीन हो जाने के बाद भी बालक बीर जी और सतनाम कौर एक–दूसरे से नहीं मिले थे। इक्कीस वर्ष पूरे होने पर सतनाम कौर के पिता ने बालक बीर जी के पिता से एक बार कहा था–'करतार सियां, सतनाम कौर स्याणी हो गयी सन्न। उसके घर बसाण दा समाँ आ गया सन्न।'

बीर जी के पिता करतार सिंह सोच में पड़ गये थे। थोड़ी देर बाद बोले थे–

'औ गुरनामे, आ तो गुड्डे–गुडियों ता खेल सी। जगतारा तां बीर जी बण चुक्या। किस तरया घर बसावणगा?' बीर जी का बचपन का नाम जगतार सिंह था।

मेरे सामने इस प्रकार का घटना–क्रम पहली बार घटित नहीं हो रहा था। बचपन में बिना सोचे–समझे इस प्रकार तय किये गये अनेक रिश्तों के टूटने का मैं गवाह बना हूँ। लोग इस प्रकार के रिश्ते तोड़ते हुए समय के परिवर्तन का तर्क देकर व्यावहारिकता का हवाला दिया करते हैं। अपनी सहूलियत और स्वार्थ की ख़ातिर, बदली हुई परिस्थितियों में वायदे से मुकर कर समय के परिवर्तित होने की दुहाई देते हुए लोग मुझे अकारण ही बदनाम किया करते हैं और सारा दोष मेरे सिर मढ़ देते हैं। मनुष्य की इस प्रकार की गुस्ताख़ियों को मैंने कभी माफ़ नहीं किया है।

परिवर्तन और वायदा करके मुकर जाना दो अलग–अलग विषय हैं, एक–दूसरे के पर्यायवाची कतई नहीं। परिवर्तन नव–ऊर्जा की उत्पत्ति का उद्घोष है। वायदे से मुकरना ऊर्जा के विलुप्त होने का द्योतक है। परिवर्तन सृष्टि के चलायमान होने का सन्देश देता है। वायदे से मुकरना इन्सानियत का हैवानियत की तरफ़ बढ़ता हुआ पहला क़दम है। वायदे से मुकरने वाला नराधम होता है और अपने लिए नरक का दरवाज़ा खोल देता है। परिवर्तन सदैव वन्दनीय है। यदि परिवर्तन नहीं होगा तो सृष्टि का विनाश हो जायेगा। इसके ठीक विपरीत यदि लोग वायदे से मुकरते रहेंगे तो इन्सानियत बदनाम होती रहेगी और मैं इन्सानियत को बदनाम करने वालों के साथ कभी खड़ा नहीं होता। मैं समय हूँ। परिवर्तन मेरी भी नियति है। मुझे परिवर्तन प्रिय है, वायदाख़िलाफ़ी नहीं।

मैं विस्मित था। कितनी आसानी से करतार सिंह ने जगतार सिंह के बीर जी बन जाने के परिवर्तन को अपना भाग्य समझ कर स्वीकार कर लिया और सतनाम कौर के जीवन में आये परिवर्तन को नकार कर अपने सौभाग्यशाली होने का दण्ड मेरे खाते में चढ़ा दिया।

अगले दिन इतवार के सत्संग में बीर जी इन्सानियत पर संगत को सम्बोधित कर रहे थे। गुरनाम सिंह संगत के बीच हाथ जोड़कर खड़ा हो गया था।

'साड्डा इन्साफ़ भी कर दयो बीर जी।' सेवादारों ने गुरनाम सिंह को घेर लिया था। एक सेवादार ने गुरनाम सिंह को पहचान लिया था। सेवादार गुरनाम सिंह को संगत के बीच से बीर जी की कुटिया में लेकर गया था। करतार सिंह, गुरनाम सिंह और बीर जी के बीच बातचीत हुई थी। बीर जी ने सतनाम कौर को उसका पत्नी–हक़ देने की बात स्वीकार कर ली थी। एक शर्त लगायी थी कि सार्वजनिक जीवन में सतनाम कौर बीर जी से दूर रहेगी। सतनाम कौर ने गुमनाम रह कर बीर जी की अर्धांगिनी बनना स्वीकार कर लिया था। सतनाम कौर ने गुमनामी में रहते हुए दोनों बच्चों का पालन–पोषण करने में सारी ज़िन्दगी गुज़ार दी थी। इतनी मेहर बीर जी ने ज़रूर की थी कि अपने पैतृक गाँव शिवपुरी में सतनाम कौर और बच्चों के लिए सारी सुख–सुविधाएँ उपलब्ध करा दी थीं। काल–चक्र अपनी गति से आगे बढ़ रहा था।

मठ के स्कूल के वार्षिक समारोह में मुख्य अतिथि के रूप में बीर जी मंच पर अकेले विराजमान थे। मंच के आगे पहली पंक्ति में मन्त्री और अधिकारीगण मौजूद थे। उनके पीछे छात्रों के अभिभावक बैठे थे। छात्रों के बैठने की व्यवस्था अलग से की गयी थी। सांस्कृतिक कार्यक्रम की प्रस्तुति देने के लिए अलग मंच सजाया गया था। स्कूल की प्रिंसीपल उपासना दीदी मंच संचालित कर रही थी।

मठ की प्रार्थना के बाद उपासना दीदी ने बीर जी से कार्यक्रम शुरू करने की अनुमति माँगी थी।

बीर जी ने मोर पंखी की मेहर घुमाकर अनुमति दे दी थी।

एक के बाद एक, कक्षावार बच्चों ने सांस्कृतिक कार्यक्रम प्रस्तुत किये थे। मधुमिता ने कृष्ण रास–लीला प्रस्तुत करके सबका ध्यान आकृष्ट किया था। बीर जी ने मंच पर सेवादार को बुलाकर मधुमिता के बारे में पूछा था। सेवादार ने बीर जी को बताया कि मधुमिता प्रबन्धन समिति के सदस्य राम रक्खा की बेटी है और मठ में ही रहती है।

पुरस्कार वितरण के पश्चात् बीर जी ने समापन भाषण दिया था–

'साध संगत जी, धन्य हैं वो बच्चे जिन्हें विद्या प्राप्त करने का मौक़ा मिला है। धन्य हैं वो शिक्षक जो देश का भविष्य सँवार रहे हैं। धन्य हैं वो माता–पिता जो अपने बच्चों को शिक्षा ग्रहण करने के लिए स्कूल भेजते हैं। शिक्षा–विहीन मनुष्य जानवर के समान होता है।'

उपासना दीदी बधाई की पात्र हैं। आज का कार्यक्रम बहुत अच्छा था।

मैं सभी बच्चों को आशीष देता हूँ। सभी के मंगल की दुआ करता हूँ।

वाहे मनुख जी, वाहे संगत जी।

बीर जी ने सम्बोधन समाप्त कर दिया था। मन्त्री जी साष्टांग दण्डवत प्रणाम करते हुए मंच के सामने ज़मीन पर औंधे मुँह लेट गये थे। सारे अधिकारी हाथ जोड़कर खड़े हो गये थे। बीर जी ने मन्त्री जी की ओर मोरपंखी की मेहर घुमाई थी। वापस कुटिया में चले गये थे। धीरे–धीरे संगत बिछुड़ गयी थी। मैंने बीर जी की मानसिक स्थिति को आज नज़दीक से पढ़ा था। बीर जी किसी विचार में डूबे हुए नज़र आये थे।

मैं उलझन में पड़ गया था। काल की गति निर्बाध और निश्चित होती है। उसमें उलझन का मतलब है विनाश। कहीं कोई अनर्थ तो नहीं होने जा रहा था। मुझे कुछ–न–कुछ अप्रत्याशित होने की आहट सुनायी दी थी। भविष्य जो मुझे ही पढ़ना था मुझे आशंकित कर रहा था। मेरी आशंका कभी भी निर्मूल नहीं होती। पंडाल में घोषणा हुई थी–

'आज के कार्यक्रम से प्रसन्न होकर बीर जी ने उपासना दीदी को प्रबन्धन समिति का सदस्य मनोनीत कर दिया है। बीर जी हर महीने स्कूल के बच्चों के साथ अमावस के दिन एक घण्टे का सत्संग किया करेंगे। वाहे मनुख ही, तेरा ही सहारा।'

मैं ठिठक गया था। बीर जी का बच्चों के साथ हर महीने सत्संग करने का विचार सामान्य नहीं था।

उधर मठ के अनुयायियों की संख्या अप्रत्याशित रूप से बढ़ती जा रही थी। मठ का प्रभाव आर्यावर्त के साथ–साथ हरित प्रदेश, गन्धर्व प्रदेश,

उत्तराखण्ड, दक्षिणावर्त और राजगीर में भी फैल गया था। दुनिया के सत्तर देशों में मठ की शाखाएँ खुल गयी थीं। पूरे देश में ज़िला स्तर पर बीर जी के सत्संग भवन बन गये थे। मठ ने समाज–सुधार और सामुदायिक विकास के सैकड़ों कार्यक्रम शुरू कर दिये थे। बीर जी का जुनून लोगों के सिर चढ़कर बोलने लगा था। बीर जी के नाम पर लोग जान पर खेलने को तैयार रहते थे।

मठ के अनुयायियों में समाज के हर वर्ग, जाति, धर्म और सम्प्रदाय के लोग थे। पढ़े–लिखे लोगों की संख्या भी अच्छी–ख़ासी थी। व्यापारी, दुकानदार और छोटे व्यवसायी, विशेषकर मठ के साथ जुड़ गये थे। मठ की आर्थिक गतिविधियों में भागीदारी करके बहुत लोगों की आमदनी बढ़ गयी थी। मठ का अलग नगर बस गया था जिसकी आबादी बीस हज़ार तक पहुँच गयी थी। बीर जी ने अध्यात्म और व्यवसाय को जोड़कर जो उदाहरण पेश किया था उसकी इससे पहले किसी ने कल्पना तक नहीं की थी।

बीर जी हर इतवार किसी–न–किसी स्थान पर एक सत्संग करते थे। सत्संग स्थल पर पूरा बाज़ार सजता था जिसमें ग्राहक, दुकानदार और व्यापारी सब के सब मठ के अनुयायी ही होते थे। स्थानीय छोटे–मोटे व्यवसायी, कामदार और दुकानदार मौक़े का फ़ायदा उठाकर बीर जी के सत्संग की आर्थिक गतिविधियों से जुड़ते जा रहे थे। मठ के अनुयायियों ने अपने आपको एक नयी पहचान दे दी थी। आपस में एक–दूसरे को 'मनुख जी' कहकर पुकारने लगे थे।

सृष्टि के प्रारम्भ से ही मैं दुनिया में विभिन्न धर्मों, सम्प्रदायों और मतों के प्रचार–प्रसार का साक्षी रहा हूँ। पर जितनी तेज़ी से बीर जी ने मठ का प्रभाव बढ़ाया था उसे देखकर मैं अचम्भित था। बीर जी के बढ़ते प्रभाव की बदौलत सभी राजनीतिक दलों ने बीर जी की शरण में जाना शुरू कर दिया था। चुनाव के समय हर दल का उम्मीदवार बीर जी से आशीर्वाद लेने ज़रूर पहुँचता था और बीर जी से आशीर्वाद लेते हुए टीवी पर अपनी ख़बर चलवाकर मठ के अनुयायियों का विश्वास जीतने का प्रयास करता था।

सभी धर्मों के धर्म–गुरुओं ने भी बीर जी के बढ़ते प्रभाव को महसूस किया था। उन्हें ईर्ष्या भी थी और डर भी। बीर जी के अनुयायियों में सभी धर्मों और सम्प्रदायों के लोग थे। अन्य धर्म–गुरुओं में असुरक्षा की भावना घर करने लगी थी। उन्हें अपनी आस्था की ज़मीन खिसकती नज़र आ रही थी।

'ठक–ठक, ठक–ठक, मैं अन्दर आ जाऊँ मैडम।' जेल सुपरिंटेंडेंट ने दरवाज़ा खोलकर मधुमिता जी को पूछा था।

'जब अन्दर आ ही गये हो तो आ जाओ। बताओ क्या बात है?' मधुमिता जी ने प्रश्न किया था।

'मैडम, बाल भवन की अधीक्षक मीता को लेने आयी है। मीता आज छह वर्ष की हो गयी है। छह वर्ष से ज़्यादा उम्र के बच्चे माँ–बाप के साथ जेल में नहीं रह सकते। क़ानून ऐसा ही कहता है।'

जेल सुपरिंटेंडेंट ने जेल–नियमों की जानकारी मधुमिता जी को दी थी। मधुमिता जी को इस नियम की जानकारी पहले से ही थी। इसी जेल में एक साल रहकर जो गयी थी।

'सुपरिंटेंडेंट साहब, दण्ड प्रक्रिया संहिता की धारा 432 में प्रावधान है कि सरकार यदि चाहे तो विशेष परिस्थितियों में किसी क़ैदी की सज़ा को मुलतवी* कर सकती है। क्या सरकार ने इस प्रावधान के अन्तर्गत कोई नियम बनाये हैं?' मधुमिता जी ने प्रश्न किया था।

'ऐसे कोई नियम नहीं हैं मैडम जी। आजीवन कारावास की सज़ा भुगत रहे क़ैदियों की समय–पूर्व रिहाई के बारे में तो सरकार की पॉलिसी है।'

जेल सुपरिंटेंडेंट का उत्तर मधुमिता जी पहले से ही जानती थीं। अपने जेल–प्रवास के दौरान एक गर्भवती महिला क़ैदी की सज़ा मुलतवी कराने के लिए मधुमिता जी ने क़ानूनी लड़ाई जो लड़ी थी।

'ठीक है। गर्भवती और छह वर्ष से कम उम्र के बच्चों की माताओं के कारावास को मुलतवी रखने की पॉलिसी का मसविदा सरकार को

---

*कुछ समय के लिए निलम्बित कर देना।

जल्दी ही भिजवाएँ। और हाँ, बाल भवन की अधीक्षक को अन्दर भेज दो।' जेल सुपरिंटेंडेंट बाहर चला गया था। बाल भवन की अधीक्षक हीराबेन अन्दर आ गयी थी।

'नमस्कार मैडम, मैं मीता को लेने के लिए आयी हूँ।' हीराबेन ने अभिवादन प्रस्तुत किया था।

'नमस्कार अधीक्षक महोदया। मीता को आप ले तो जा रही हैं, क्या बाल भवन में बच्चों को सुरक्षित रखने की व्यवस्था है?' मधुमिता जी ने पूछा था।

मन्त्रि–मण्डल में अकेली महिला मन्त्री होने के कारण महिला और बाल विकास मन्त्री का दायित्व भी मधुमिता जी के ही पास था।

'हाँ मैडम जी, अट्ठारह वर्ष तक के लड़के और लड़कियाँ मिल–जुल कर बाल भवन में ही रहते हैं। पाँच वर्ष से ज़्यादा उम्र के सभी बच्चे स्कूल जाते हैं। हम बच्चों को स्वावलम्बी भी बना रहे हैं। बड़ी लड़कियाँ ही खाना बनाती हैं और छोटे बच्चों की देखभाल करती हैं। बड़े लड़के रात को पहरा देते हैं ताकि कोई चोर–उचक्का अन्दर न घुस आये। सप्ताह में एक बार डॉक्टर आता है और बच्चों को ज़रूरी दवाइयाँ दे जाता है। कुछ संस्थाएँ हैं जो बच्चों को कपड़े दे जाती हैं।' अधीक्षक महोदया ने बाल भवन की परिस्थितियों का सम्पूर्ण विवरण प्रस्तुत कर दिया था।

'वो तो सब ठीक है साहिबा। यह बताओ पिछले एक वर्ष में कितने बच्चों को गोद दिया गया और कितने बच्चों को इच्छुक नागरिकों के संरक्षण में भेजा गया।' मधुमिता जी का प्रश्न टेढ़ा था।

अधीक्षक महोदया बगलें झाँकने लगी थी। उन्हें यह ज्ञान नहीं था कि बाल–भवन की एक महत्त्वपूर्ण ज़िम्मेदारी यह भी है कि बच्चों को पात्र व्यक्तियों को गोद दिया जाये और इच्छुक सक्षम नागरिकों के संरक्षण में उन्हें विकास प्रक्रिया से गुज़रने के अवसर सुलभ कराये जायें।

'मैं तो अभी–अभी छह महीने से ही आयी हूँ मैडम जी। आगे कर लेंगे।'

अधीक्षक महोदया की मौन स्वीकारोक्ति थी कि बाल–भवन की अधीक्षक महोदया को बाल संरक्षण से सम्बन्धित क़ानूनों की या तो जानकारी नहीं थी और या उनकी अकर्मण्यता उनके विवेक पर हावी थी।

'ठीक है अधीक्षक महोदया। मैं मीता को अपने संरक्षण में लेकर उसका पालन–पोषण करने की ज़िम्मेदारी स्वेच्छा से लेना चाहती हूँ। इसकी क़ानूनी प्रक्रिया शुरू करवा दें। आप मीता को ले जा सकती हैं।' मधुमिता जी ने अधीक्षक महोदया को मीता को ले जाने की अनुमति दे दी थी।

'चलो मीता। मैं आपको लेने आयी हूँ। मेरे साथ चलोगी ना?' अधीक्षक महोदया ने मीता को पूछा था।

'हाँ चलूँगी। मुझे रोज़ टॉफ़ी दोगी ना।' मीता की मासूमियत सवाल कर रही थी।

'हाँ, टॉफ़ी भी मिलेगी और चॉकलेट भी।' अधीक्षक महोदया ने मीता को फिर आश्वस्त किया था।

मीता एक बार फिर बी से लिपट गयी थी। बी ने उसे पुचकारते हुए उसका हाथ अधीक्षक महोदया के हाथ में दे दिया था। मीता अधीक्षक महोदया के साथ कमरे से बाहर चली गयी थी, भविष्य की तलाश में, एक नयी दुनिया के अनज़ान सफ़र पर। एक ऐसे सफ़र पर जिसमें न माँ की भावनात्मक सुरक्षा का कवच है और न ही बचपन की चंचलता की सुरक्षा की गारण्टी।

'और बताओ बी। बच्ची के सामने खुलकर बात करने में झिझक हो रही थी।' मधुमिता जी ने बी की स्मृतियों के कोष में ताक–झाँक करने की कोशिश की थी।

'क्या बताऊँ मेरे बीर जी दी प्यारी? तेरे जाने के बाद मेरा मुक़दमा आगे चलता रहा था। मेरा मासूम सा गुनाह मेरी बेगुनाही से बड़ा साबित हुआ था। जज ने यह कहकर मेरे लिए दस बरस की काल–कोठरी निर्धारित कर दी थी कि–

'मूर्ति बेजान होती है लेकिन मूर्ति की छाया चलायमान होती है। मूर्ति को सज़ा नहीं दी जा सकती लेकिन छाया की गति को क़ानून

की पथरीली आँखें नज़रअन्दाज़ नहीं कर सकतीं। यह साबित नहीं हो सका कि मधुमिता देशद्रोह की साज़िश में शामिल थी। लेकिन यह साबित हो गया है कि गुरकीरत ने मधुमिता, जो क़ानून का भगोड़ा थी, को पनाह दी थी। इसलिए गुरकीरत को दस वर्ष कठोर कारावास की सज़ा दी जाती है।'

वाह री दुनिया तेरे क़ानून भी उतने ही निराले हैं जितनी तेरी फ़ितरत। जब यह साबित हो गया कि मधुमिता ने कोई अपराध नहीं किया था, तो क़ानून उसे भगोड़ा कैसे मान सकता है? और यदि मधुमिता भगोड़ा नहीं थी तो गुरकीरत को एक भगोड़े को पनाह देने के अपराध में सज़ा कैसे दी जा सकती है? हर व्यक्ति को जो अपने आप को बेगुनाह मानता है अपने बचाव के रास्ते ढूँढ़ने की क़ानूनन छूट होनी चाहिए। यदि ऐसा नहीं होगा तो दुनिया का हर आरोपित भगोड़ा व्यक्ति अपराधी घोषित कर दिया जायेगा और न जाने कितनी गुरकीरत क़ानून की तकनीकी व्याख्या की बदौलत क़ानून की गुनहगार ठहराई जाती रहेंगी।

गुरकीरत अकेली नहीं है। जेल की काल–कोठरियों में बहुत सारी गुरकीरत हैं जो बेगुनाह होते हुए भी सज़ा भुगत रही हैं क्योंकि न्याय–प्रणाली क़ानून की अँगुलियाँ ही नहीं पल्लू को भी पकड़े हुए हैं।

'सज़ा के बाद ज़िन्दगी एकदम बदल गयी थी।' गुरकादी बी ने अपनी कहानी जारी रखी थी।

'हाईकोर्ट में अपील ख़ारिज हो गयी थी। अपील पर फ़ैसला आते–आते पाँच साल बीत गये थे। जज साहब ने यह कहते हुए अपील की फाइल पटक दी थी कि देशद्रोह से बड़ा कोई और जुर्म नहीं हो सकता। राखी जी ने हाईकोर्ट में जज से उनकी बात सुनने की बहुत गुहार लगायी थी। लेकिन जज ने यह कहते हुए कुछ भी सुनने से इनकार कर दिया था कि अदालत का वक़्त बर्बाद न किया जाये। राखी जी ने ज़ोर देकर कहा था कि अदालत का वक़्त सज़ायाफ़्ताओं की बेगुनाही पढ़ने के लिए ही होता है वरना निचली अदालत के फ़ैसले को चुनौती देने के क़ानूनी प्रावधान करने की क्या आवश्यकता थी? अदालत ने एक भी दलील नहीं सुनी थी।'

'क्या इसके बाद राखी जी से आपकी मुलाक़ात हुई थी?' मधुमिता जी ने पूछा था।

'हाँ, हुई थी। राखी जी जेल में मुलाक़ात करने के लिए आयी थीं। सबसे बड़ी अदालत में अपील करने के लिए काग़ज़ों पर दस्तख़्त करवा कर ले गयी थीं। कह रही थीं कि उसे भरोसा है कि वह मेरी बेगुनाही एक दिन साबित करके ही दम लेंगी। मैंने उन्हें आगे अपील करने से मना किया था। बोला था कि दो साल बाद वैसे भी सज़ा पूरी होने वाली है। दो साल तक बड़ी अदालत में मुक़दमा सुनवाई पर भी नहीं आयेगा, फिर अपील का क्या फ़ायदा होगा? परन्तु राखी जी नहीं मानी थीं। कह रही थीं यह मामला अकेली गुरकीरत की रिहाई का नहीं है, क़ानून की अस्मिता की रक्षा करने का भी है। क़ानून को इस प्रकार बदनाम नहीं होने दिया जाना चाहिए। क़ानून की लड़ाई लड़ने के लिए ही उन्होंने काला कोट पहना है।' बी ने मधुमिता जी को बताया था।

'फिर अपील का क्या हुआ?' मधुमिता जी ने पूछा था।

'बड़ी अदालत में अपील सुनवाई पर आने में पाँच साल लग गये थे। इसी बीच मेरी सज़ा पूरी हो गयी थी। मीनू मैट्रन मेरी रिहाई के आदेश लेकर आयी थी। मैंने जेल से बाहर जाने से इनकार कर दिया था। वैसे भी जेल से बाहर जाकर क्या करती? दार जी* मेरी सज़ा का सदमा बरदाश्त नहीं कर पाये थे। दो साल बाद ही दुनिया छोड़ गये थे। राखी जी ने अदालत में बहुत गुहार लगायी थी कि मुझे जेल से छुट्टी मिल जाये ताकि मैं दार जी के आख़िरी दर्शन करके उनके चरण छू सकूँ। अदालत ने यह कहकर इजाज़त नहीं दी थी कि देशद्रोह के मामले में अदालत सज़ायाफ़्ता को छुट्टी नहीं दे सकती। बच्चे तो पहले ही विदेश में थे। हक़ीक़ियों ने ज़मीन–जायदाद आपस में बाँट ली थी। दार जी के चले जाने के बाद मेरी कोई मुलाक़ात भी नहीं आयी थी। मैंने मीनू मैट्रन को कह दिया था कि मैं जेल से नहीं

---

*गुरकादी बी के पति।

जाऊँगी जब तक बड़ी अदालत से मेरा फ़ैसला नहीं हो जाता।' बी की आवाज़ में दार जी के चले जाने का दर्द साफ़ झलक रहा था।

'क्या जेल प्रशासन मान गया था?' मधुमिता जी ने बड़ी उत्सुकता से पूछा था।

'नहीं, इतनी आसानी से नहीं माने थे। मेरी रिहाई के दिन राखी जी और नीता जी दोनों आयी थीं। मैंने उन्हें बता दिया था कि मैं जेल से नहीं जाऊँगी। राखी जी ने अदालत से आदेश करवा दिये थे कि गुरकीरत का कोई वारिस उनकी देखभाल करने के लिए तैयार नहीं है अतः उन्हें उनकी मर्ज़ी के विरुद्ध जेल से बाहर न जाने दिया जाये जब तक कोई उनकी ज़मानत न दे दे। मैंने राखी जी और नीता जी को ज़मानत देने से मना कर दिया था। इस प्रकार जेल ही मेरा घर बन गयी थी। यहीं आख़िरी साँस लूँगी।' बी अपनी कहानी बताती जा रही थी।

'और बड़ी अदालत ने अपील में क्या फ़ैसला किया था?' मधुमिता जी ने फिर पूछा था।

'बड़ी अदालत ने मुझे बरी कर दिया था। राखी जी अदालत के आदेश की कॉपी लेकर मुझसे मिलने आयी थीं। नीता जी को ज़मानती बनाकर साथ लायी थीं। राखी जी ने बताया था कि बड़ी अदालत ने सरकारी वकील को कड़ी फटकार लगायी थी। अदालत ने कहा था कि जब मुख्य गुनाह का आरोपी ही बरी हो गया तो उसको शरण देने वाला भी उसी समय बरी हो जाना चाहिए था। बड़ी अदालत ने नीचली अदालतों के फ़ैसले पर भी तल्ख टिप्पणी की थी। लेकिन बड़ी अदालत के फ़ैसले का कोई अर्थ नहीं रह गया था। मेरी बेगुनाही दस साल की सज़ा काट चुकी थी। मेरे दार जी हमेशा के लिए मुझसे दूर चले गये थे। जवानी बुढ़ापे ने घेर ली थी। मेरी बेगुनाही न पढ़ पाने वाले छोटे जज बड़े जज बन गये होंगे। वह सरकार भी बदल गयी होगी। पुलिस वाले रिटायर हो गये होंगे। लेकिन बीर जी एक दिन मेरा इन्साफ़ जरूर करेंगे। मेरी बेगुनाही को गुनाह साबित करने वाले पुलिस वालों, जजों और वकीलों की आने वाली पीढ़ियों को वक़्त अन्याय और न्याय के अन्तर का एहसास ज़रूर करायेगा।' बी ने अभिशाप दे दिया था।

मैं यह क्या सुन रहा था? गुरकादी बी मेरे बारे में कुछ कह रही थी। कह रही थी कि मैं उसका न्याय करूँगा। क्या वक़्त न्याय करता है? गुरकादी बी तो यही कह रही थी। मनुष्य जब चारों ओर से निराश हो जाता है तो वक़्त का सहारा लेकर स्वयं को सान्त्वना देता है। मैं सबके कर्मों का साक्षी हूँ। सबको अपने कर्मों का फल भुगतना पड़ता है। प्रारब्ध और कर्म मिलकर मनुष्य के भाग्य का निर्माण करते हैं। मैं प्रत्येक जीव के प्रारब्ध और कर्मों का साक्षी होता हूँ। शायद इसीलिए मनुष्य भाग्य को वक़्त की देन मान लेने की भूल कर बैठता है। मैं किसी के साथ न्याय या अन्याय नहीं करता। मनुष्य अपने कर्मों का फल ही भोगता है।

'जेल में बिताये गये इतने लम्बे समय के बारे में भी तो कुछ बताइए ना बी।' मधुमिता जी के स्वर में जेल मन्त्री होने का लहजा था।

'जेल की ज़िन्दगी के बारे में तो तुम्हें पता है मेरे बीर जी की प्यारी। अगर किसी इन्सान को जानवर बनाना हो तो जेल भिजवा दो। एक मायने में जेल की ज़िन्दगी जानवर से भी बदतर है। जानवर अपनी मर्ज़ी से घूम–फिर तो लेता है, जेल में बन्दियों को वह भी छूट नहीं है। चौबीस में से पन्द्रह घण्टे सींखचों के पीछे बन्द रहकर कोई इन्सान कैसे इन्सान बना रह सकता है? बाक़ी के नौ घन्टों में भी चार दीवारी से बाहर आने की इजाज़त नहीं है। महिलाओं पर तो और भी पाबन्दी है। पुरुष बन्दी कम–से–कम कैंटीन, पुस्तकालय, हस्पताल, फ़ैक्ट्री, और मुलाक़ात के लिए जाने के बहाने बैरक से बाहर निकल कर कुछ आज़ादी महसूस कर लेते हैं। महिलाओं को यह आज़ादी भी नहीं है। जिनकी मैट्रन से पटरी बैठ जाती है उन्हें कुछ राहत ज़रूर मिल जाती है। बन्दिनियों के बच्चों के साथ थोड़ा–बहुत दिल बहल जाता है। सुबह–शाम दो बार ठण्ड़ी रोटियाँ और सब्ज़ी मिल जाती है। खाना गरम करने के लिए अँगीठी का जुगाड़ करने की एवज़ में मीनू दो घण्टे सिर में मालिश करवाती है। अँगीठी का कोयला सौ रुपये किलो बिकता है। हर किसी के पास कोयला ख़रीदने के लिए पैसे नहीं होते। जो कोयला ख़रीदती है उसकी मजूरी अलग से वसूलती है।

उसके कपड़े धोने, पैर दबाने और बर्तन धोने के लिए ग़रीब बन्दिनियों की क़तार लगी रहती है। जेल में भी उसी तरह काम का बँटवारा और सामाजिक वर्गीकरण मौजूद है जैसे बाहर के समाज में। जिसके पास पैसा है उसे जेल में सब कुछ उपलब्ध हो जाता है। ग़रीब जेल में भी नरक भोगता है।'

'नहाने के लिए सर्दियों में गर्म पानी क्या अभी भी मिलता है या बन्द हो गया है?' मधुमिता जी ने पूछा था।

'कैसा गर्म पानी? तुम्हारे जेल से जाने के बाद एक दिन मीनू मैट्रन ने सभी बन्दिनियों को इकट्ठा करके क्लास ली थी। लम्बा–चौड़ा भाषण दिया था।' बी ने कहा था।

मैं उस भाषण का साक्षी हूँ। मीनू मैट्रन का जेलर वाला उस दिन का रूप मैं आज तक नहीं भूला हूँ। छिन्दो ने सभी बन्दिनियों को बैरक के बाहर धूप में खड़े होने का मीनू मैट्रन का आदेश सुना दिया था। जून का महीना था। लू चल रही थी। मीनू मैट्रन ख़ुद नीम के पेड़ की छाँव में आकर खड़ी हो गयी थी। बन्दिनियों की तरफ़ देख कर बिजली की तरह कड़की थी–

'जब तक मैं न कहूँ सारी की सारी इसी तरह खड़ी रहेंगी। आज तुम्हारा मसीहा डी.जी. जेल इस महकमे से बदल गया है। तुम्हारे लिए अब निज़ाम बदल गया है। अच्छा ही हुआ। आख़िर जेल तो जेल ही होनी चाहिए। अब ध्यान से सुनो। आज के बाद बैरकों में से घड़ी और टी.वी. हटा दिये जायेंगे। कैंटीन का सामान लेकर फेरीवाला अब बैरक में नहीं आयेगा। जिसे सामान चाहिए वह अपनी माँग छिन्दो को लिखवा देगा। केवल इतवार को ही कैंटीन से सामान मिला करेगा। जेल में अपने पास अब सभी क़ैदियों को नक़दी रखने की छूट होगी। छिन्दो सबसे रुपये इकट्ठे करके कैंटीन से सामान लाकर दिया करेगी। पढ़ने के लिए केवल गीता की किताब ही मिलेगी। 'सैनेटरी पैड' ख़ुद ख़रीदने होंगे। कपड़े धोने के लिए सप्ताह में केवल एक दिन ही मिलेगा। पानी की बचत करनी है। गर्म पानी करने के लिए लगे गीजर हटा दिये जायेंगे। बिजली की खपत कम करनी है।

जिसको जो बीमारी हो छिन्दो को लिखवा दिया करें। छिन्दो डॉक्टर के पास बीमारी का ब्यान करके दवाई लाकर दिया करेगी। बैरक में डॉक्टर नहीं आयेगा। बन्दिनियों के बच्चे अपनी माताओं के साथ ही बन्द किये जायेंगे। केवल दिन में तीन घण्टे सींखचों से बाहर रहेंगे जब आँगनबाड़ी वाली मैडम उन्हें बाहर निकालेगी। हुक्म की तामील बाइज़्ज़त हो। वरना...।' मीनू मैट्रन ने जो गालियाँ आगे निकाली थीं उन्हें यहाँ वर्णन करने की हिम्मत मुझमें नहीं है।

मेरी समझ में नहीं आया था कि मीनू मैट्रन किस निज़ाम के बदल जाने की बात कह रही थी? अफ़सर तो हर रोज़ इधर से उधर बदलते रहते हैं। अफ़सर बदलने से निज़ाम बदल जाता है क्या? वस्तुतः अफ़सर तो होते ही इसलिए हैं कि नियम–क़ानून मनमर्ज़ी से नहीं बदले जाने चाहिए, चाहे किसी का राज हो।

मीनू मैट्रन ने अफ़सरी की नयी गिरगिटिया परिभाषा गढ़ दी थी। मैं बिल्कुल भी विस्मित नहीं था। लोगों ने अफ़सरी का नया नामकरण कर दिया है। अफ़सरों को गिरगिटिया कहना शुरू कर दिया है। एक हास्य सम्मेलन में एक कवि की ऐसी कल्पना को मैंने स्वयं सुना है। कवि कह रहा था कि गिरगिटों के संगठन ने सुप्रीम कोर्ट में अर्ज़ी लगायी है कि अफ़सरों को गिरगिटिया कहकर गिरगिटों को बदनाम न किया जाये। आख़िर उनकी भी एक इज़्ज़त है। वे अफ़सरों की तरह पग–पग पर अपना धर्म और स्वभाव नहीं बदलते। वो बात दीग़र है कि कभी–कभार अपनी जान बचाने के लिए ऐसा कर लेते हैं। आज के युग में अफ़सरी इतनी सस्ती और बदनाम हो जायेगी यह मेरी कल्पना से परे था।

'मेरी तो सुन ली, तू अपनी भी तो बता मेरे बीर जी की प्यारी।' बी ने मधुमिता जी का हाथ अपने हाथों में ले लिया था।

'कहाँ से शुरु करूँ बी? इतने मोड़ हैं ज़िन्दगी में कि समझ में ही नहीं आता है।' मधुमिता जी उलझन में पड़ गयी थीं। चलिए। मैं ही कहानी को आगे बढ़ा देता हूँ।

स्कूल के वार्षिक उत्सव के समाप्त हो जाने के बाद उपासना दीदी ने घोषणा की थी कि अगले दिन बीर जी उन सभी बच्चों के माता–पिता से मिलेंगे जिन्होंने वार्षिक उत्सव में पुरस्कार प्राप्त किये थे। मधुमिता भी उनमें से एक थी।

स्कूल के कान्फ्रेंस हाल में पुरस्कृत बच्चे और उनके माता–पिता इकट्ठे हुए थे। बीर जी आसन पर विराजमान थे। उपासना दीदी एक–एक बच्चे का नाम लेकर उन्हें उनके माता–पिता सहित मंच पर बुला रही थी। बच्चे की उपलब्धियाँ और उनके माता–पिता के बारे में भी बताती जा रही थी। मैं सचेत हो गया था जब उपासना दीदी ने यह घोषणा की थी–

'अब मैं मंच पर मधुमिता को बुलाती हूँ। मधुमिता हमारे स्कूल की सबसे होनहार छात्रा है। पढ़ने–लिखने में अव्वल और खेल–कूद तथा सांस्कृतिक गतिविधियों में भी सबसे आगे। इस वर्ष के वार्षिक समारोह में मधुमिता ने पाँच स्वर्ण पदक प्राप्त किये हैं। उसके साथ हैं उसके पिता राम रक्खा जी और माता हरि कौर। राम रक्खा जी मठ में ही निवास करते हैं और मठ में ही इनका व्यवसाय है।'

राम रक्खा, हरि कौर और मधुमिता मंच पर पहुँच गये थे। बीर जी ने मोर पंखी की मेहर राम रक्खा, हरि कौर और मधुमिता के सिर पर बारी–बारी से फहराई थी। बीर जी के आशीर्वाद में मुझे आशीर्वाद की औपचारिकता से अधिक कुछ और भी नज़र आया था। मैं सावधान होकर सब कुछ देखने लगा था। बीर जी की आँखों में चमक थी। यह तो वही चमक थी जो पाह जी की आँखों में मैंने उस दिन देखी थी जिस दिन उन्होंने बालक बीर जी को ज्ञान कौर के साथ पहली बार देखा था।

सपने देखना मेरी प्रकृति नहीं है। मैं हक़ीक़त का युग द्रष्टा हूँ। जो जैसा दिखता है उसे वैसे ही वर्णन कर देना मेरी नियति है। तभी तो हर कोई मुझे अपना मानता है। हर कोई इसीलिए मेरी सत्ता में विश्वास करता है। कुछ लोग ज़रूर कभी–कभी कह देते हैं कि उनका समय ठीक नहीं चल रहा है। वास्तव में ऐसा नहीं होता है।

मैं सदैव एक जैसा ही रहता हूँ। मेरा चक्र एक समान गति से निर्बाध चलता है। कुछ लोग जो जीवन में बहुत तेज़ी से आगे बढ़ जाते हैं, उन्हें मेरे साथ चलने में कभी–कभी दिक़्क़त आती है। उन्हें अपनी गति कभी–कभी धीमी करनी पड़ती है ताकि वे भी मेरे साथ ही रहें। ऐसे लोगों की गति जब धीमी होती है तो वे कह देते हैं कि उनका समय ठीक नहीं चल रहा है। वास्तव में वे ऐसा कहते हुए यह स्वीकार कर रहे होते हैं कि उन्होंने काल–चक्र की सामान्य गति के नियम की उल्लंघना की है और वे उसका पश्चाताप कर रहे हैं।

जीवन में तेज़ी से आगे बढ़ना बुरी बात नहीं है। लेकिन तेज़ी से आगे बढ़ना ही जीवन का एकमात्र उद्‌देश्य नहीं होना चाहिए। इन्सान का जीवन एक कारवाँ की तरह है। इस कारवाँ में सांसारिक रिश्तों की डोर और इन्सानियत का तकाज़ा भी साथ–साथ चलने चाहिए। यह भ्रम कभी नहीं रखना चाहिए कि आप सदैव अकेले ही आगे बढ़ते चले जायेंगे और दुनिया हमेशा आपके पीछे–पीछे दौड़ेगी। वास्तव में सृष्टि मेरे साथ–साथ चल रही होती है। सबको साथ लेकर मैं उन्हें उनके गन्तव्य तक पहुँचाता हूँ। इस दौड़ में जो यदा–कदा आगे बढ़ जाते हैं उन्हें भी मेरे साथ आना पड़ता है। पर इन्सान का जीवन इतना छोटा है कि वह गति के इस समन्वय और सन्तुलन को देख नहीं पाता है। इसको समझने के लिए इन्सान का एक जीवन पर्याप्त नहीं है। परन्तु मैं मनुष्य को इस सार्वभौमिक सत्य का आभास किसी–न–किसी तरह अवश्य कराता हूँ। इसी कारण मनुष्य कभी–कभी यह कहने को विवश दिखायी पड़ता है कि उसका समय ठीक नहीं चल रहा है।

मैं आदि काल से मनु की सन्तानों को समझाता आ रहा हूँ कि मेरी गति के साथ चलने में ही गति है। बुद्ध ने जब कहा कि मध्य मार्ग ही उत्तम है, मैं ही बोल रहा था। राम ने जब लोक–लाज की दुहाई देकर सीता का परित्याग किया था, मैं ही उसकी बुद्धि पर क़ाबिज़ था। अर्जुन को निहत्थे कर्ण का वध करने के लिए मैंने ही प्रेरित किया था। धृतराष्ट्र को नेत्रहीन बनाकर मैंने ही मजबूर बनाया था।

मैं अच्छाई में भी हूँ और बुराई में भी। अच्छा करने के लिए मैं ही मनुष्य को प्रेरित करता हूँ और बुरा करने के लिए उसे मैं ही विवश करता हूँ। मेरा एक ही अभिमत है कि इन्सान को अपनी सीमाओं का ज्ञान होना चाहिए। और उसे यह भी जान लेना चाहिए कि सीमाओं का अतिक्रमण करने वाला दण्ड का भागीदार ज़रूर बनेगा। दण्ड के समय और स्थान का चयन मैं करूँगा।

'राम रक्खा और हरि कौर जी, आप इतिहास की धरोहर बनने जा रहे हो। बेटी मधुमिता में मुझे पाह जी का नूर दिखायी दिया है। बेटी मधुमिता आपके संरक्षण में वक़्त की अमानत है। इसे मठ से दूर मत ले जाना। यह आसन इसका इन्तज़ार कर रहा है।'

बीर जी ने इतना कहकर मधुमिता के सिर पर हाथ रख दिया था। राम रक्खा और हरि कौर ने बीर जी के चरण पकड़ लिए थे।

मैं सब कुछ देख रहा था। यह भी कि बीर जी ने आज मेरे एक नियम को तोड़ा है। भावातिरेक में उसने मर्यादा की सीमा पार की है। मेरी मंशा अपने आप प्रकट होती चली जाती है। कोई उसकी भविष्यवाणी करे यह मेरी सत्ता का विसरण है। बीर जी ने कुछ ऐसा ही कर दिया था, मधुमिता को मेरी अमानत घोषित करके। वह भूल गया था कि धरती पर प्रत्येक जीव मेरी अमानत है, ख़ुद बीर जी भी।

परिवारों के साथ बीर जी का मिलन–समारोह समाप्त हो गया था। उपासना दीदी ने सब कुछ अपनी आँखों से देखा था। मधुमिता के प्रति बीर जी का स्नेह उपासना को खटक गया था। उसमें असुरक्षा का भावांकुर उपस्थिति दर्ज़ कराने लगा था। मधुमिता के प्रति उपासना का ईर्ष्या–बोध जाग्रत ही नहीं उजागर भी होने लगा था। मधुमिता ने एक दिन राम रक्खा से शिकायत की थी–

'कल से मैं स्कूल नहीं जाऊँगी बाप जी। प्रिंसिपल दीदी बात–बात पर डाँटती हैं। मैं प्राइवेट परीक्षा देकर हाईस्कूल पास कर लूँगी।'

मधुमिता ठीक कह रही थी। पुरुष की दुश्मनी और स्त्री की ईर्ष्या के रास्ते से जितना जल्दी हो सके हट जाना चाहिए। दुश्मनी तब तक नहीं मिटती जब तक एक पक्ष का विनाश नहीं हो जाता

और ईर्ष्या की ज्वाला तभी शान्त होती है जब ईर्ष्या–जन्य असुरक्षा का कारण समाप्त हो जाये।

राम रक्खा ने मधुमिता की ज़िद स्वीकार कर ली थी। बीर जी तक सारी बात पहुँच गयी थी। उन्होंने उपासना दीदी की असुरक्षा की भावना को समाप्त करके स्थिति को सामान्य बनाने का प्रयास किया था। उपासना दीदी को मठ की प्रबन्धन समिति के अध्यक्ष का पद दे दिया था। मधुमिता ने स्कूल छोड़ दिया था। लेकिन प्रत्येक इतवार वह मठ के सत्संग में हिस्सा ज़रूर लेती थी। उपासना दीदी का रुतबा मठ में लगातार बढ़ रहा था। राम रक्खा को अपने बीर जी की वाणी पर अटूट विश्वास था। उसने मेरी गति के साथ अपनी गति और दिनचर्या सहज ही जोड़ ली थी। बाक़ी सब कुछ मुझ पर छोड़ दिया था।

मधुमिता ने प्राइवेट छात्रा के रूप में हाईस्कूल की परीक्षा पास कर ली थी। ख़ाली समय में मठ के नर्सरी स्कूल में जाकर छोटे बच्चों की देखभाल करने की ज़िम्मेदारी उसने स्वेच्छा से ओट ली थी। पता ही नहीं चला कब मधुमिता एक आकर्षक युवती बनकर मठ में अपनी शालीनता के लिए लोकप्रिय हो गयी थी।

एक दिन रात के दूसरे प्रहर में राम रक्खा ने हरि कौर को सोते से उठाया था–'सुनती हो। मुझे एक सपना दिखायी दिया है। मधुमिता चाँदी के रथ पर सवार है। सामने से सोने के रथ पर एक राजकुमार आता है। मधुमिता अपना रथ छोड़कर राजकुमार के रथ पर सवार होकर चली जाती है। चाँदी का खाली रथ हमारे दरवाज़े पर आकर खड़ा हो जाता है। इतने में मेरी आँख खुल जाती है। कहीं यह बीर जी का हुक्म तो नहीं कि बेटी की विदाई करने का समय आ गया है।' हरि कौर ने करवट बदलते हुए राम रक्खा की बात अनसुनी करते हुए कहा था–

'जवान बेटी का बाप और मुंगेरी लाल भाई–भाई होते हैं। दोनों हर दम सपने देखते रहते हैं। हर बेटी एक दिन बाप का घर छोड़कर चली ही जाती हैं। इसमें कौन–सी नयी बात है। सो जाओ। सुबह बात करेंगे।'

राम रक्खा सो गया था। अगले दिन मठ का एक सेवादार राम रक्खा की दुकान पर आया था। फ़रमान दे गया था कि इतवार के सत्संग के बाद कुटिया में बीर जी ने याद फरमाया है। राम रक्खा की ख़ुशी का ठिकाना नहीं रहा था। अपने गुरु के साक्षात् दर्शन जो होने वाले थे। इतवार के सत्संग के बाद वही सेवादार राम रक्खा को बीर जी की कुटिया में लेकर गया था। बीर जी एक आम इन्सान के बाणे में कुर्सी पर बैठे थे। राम रक्खा को देखकर कुर्सी से खड़े हो गये थे।

'आओ राम रक्खा, आओ, यहाँ बैठो।' पास रखी कुर्सी पर राम रक्खा को बैठने के लिए कहकर बीर जी अपनी कुर्सी पर बैठ गये थे।

'कारोबार कैसा चल रहा है?' बीर जी ने राम रक्खा से पूछा था।

'ठीक है बीर जी। दो वक़्त की रोटी इज़्ज़त से मिल रही है।' राम रक्खा ने उत्तर दिया था। दुनियादारी की दूसरी बातें करते हुए बीर जी ने राम रक्खा को प्रस्ताव दिया था–

'मठ के एक पुराने सेवादार और मेरे विश्वास पात्र मनमोहन का बेटा मधुकर मठ के स्कूल में प्राध्यापक है। अगर आपको एतराज़ न हो तो मधुकर और मधुमिता की जोड़ी बहुत अच्छी जमेगी।' राम रक्खा एक पल के लिए चुप हो गया था।

'मुझे क्या एतराज़ हो सकता है बीर जी? आपकी मर्ज़ी ही मेरी मर्जी है। फिर भी, मधुमिता और हरि कौर को पूछना ज़रूरी है। मैं कल बता दूँगा।' राम रक्खा को विश्वास नहीं हो रहा था। उसका रात का सपना हक़ीक़त बनता दिखायी दे रहा था।

घर आकर राम रक्खा ने हरि कौर के सामने बीर जी का प्रस्ताव रखा था। हरि कौर ने तुरन्त हाँ नहीं की थी। मधुमिता से बात करने की बात कहकर कामकाज में लग गयी थी।

मैं उलझन में था। बीर जी एक आम आदमी की तरह इस प्रकार शादियाँ तय करवाने में क्यों रुचि ले रहे थे? मैं भविष्य देख सकता हूँ पर कभी ऐसा नहीं करता। यदि ऐसा करूँगा तो लोगों में जीवन जीने का रोमांच समाप्त हो जायेगा। जीवन एक खुली किताब बन

जायेगा जिसे जब खोला पढ़ लिया। यदि ऐसा हुआ तो ठीक नहीं होगा। जीवन एक पहेली ही बने रहना चाहिए। ऐसी पहेली जिसको बूझने में हर किसी की दिलचस्पी हो और जिसके हल को हर कोई अपने आप स्वीकार कर ले क्योंकि पहेली का हल पहेली में ही छिपा होता है। मैं चुपचाप सारे घटनाक्रम पर टकटकी लगाये भविष्य को वर्तमान बनते देख रहा था।

मधुमिता अपने कमरे में पुस्तक के पन्ने उलट रही थी। हरि कौर पास आकर बैठ गयी थी। मधुमिता ने हरि कौर की ओर ध्यान नहीं दिया था। कुछ देर तक शान्त बैठे रहने के बाद हरि कौर ने मधुमिता के हाथ से किताब लेकर तकिये के नीचे रख दी थी।

'क्या सारा दिन किताबों में सिर खपाती रहती है। अब बी.ए., एम.ए. करना है क्या? स्याणी हो गयी है। अपने घर जाने का समय आ गया है। बेटी बाप के घर थोड़ा बैठी रहती है। जितनी जल्दी डोली उठ जाये उतना ही अच्छा।'

मधुमिता ने अपना सिर माँ की गोद में रख दिया था। हरि कौर ने मधुमिता के बालों में अँगुली फेरना शुरू कर दिया था। पता ही नहीं उसे कब नींद आ गयी थी।

मधुमिता को नींद में देख हरि कौर ने उसे बिस्तर पर लिटा दिया था। उसे चादर ओढ़ाकर हरि कौर अपने कमरे में चली गयी थी।

जब घरों में लड़की की शादी की बात होने लगती है तो लड़कियाँ उत्सुक हो जाती हैं और अपने होने वाले दूल्हे और ससुराल के बारे में जानने को लालायित रहती हैं। लेकिन यहाँ तो कुछ अलग ही नज़ारा है। शादी की बात शुरू होने से पहले ही मधुमिता को नींद आ गयी है। यह सामान्य घटना–क्रम से अलग दृश्य था। मेरी उत्सुकता बढ़ गयी थी। आख़िर मधुमिता क्या चाहती थी?

अगले दिन नर्सरी स्कूल के बच्चों को कृष्ण–रासलीला की रिहर्सल करवाकर मधुमिता घर लौट आयी थी। रसोई में माँ के पास बैठकर सब्ज़ी छीलने लगी थी।

'बताऊँ माँ, आज स्कूल में क्या हुआ?' मधुमिता ने नीरवता तोड़ते हुए कहा।

'हुँ' हरि कौर ने चूल्हे पर पतीला रखते हुए कहा था।

'स्कूल में कई बच्चों की मम्मियाँ आ गयी थीं। हर कोई चाहती थी कि उसकी बेटी को ही राधा बनाया जाये। कृष्ण बनने के लिए भी कुछ लड़कियाँ तैयार हो गयी थीं। लेकिन गोपियाँ बनने को कोई तैयार नहीं थी। ज़बरदस्ती पाँच–छह लड़कियों को गोपियाँ बनने के लिए राजी किया था। ऐसा क्यों कि हर कोई राधा ही बनना चाहता था? मेरी नज़र में तो गोपियों का त्याग, श्रद्धा और भक्तिभाव सबसे अधिक अनुकरणीय होना चाहिए।' मधुमिता स्कूल की उलझन सुलझाने में लगी थी।

'बावली है तू। इतना भी नहीं पता कि ज़िन्दगी में लोग त्याग, श्रद्धा और भक्ति नहीं स्वयं की अहमियत प्रदर्शित करने वाला किरदार ढूँढ़ा करते हैं। मनुष्य अहम् से भरा हुआ ग़लतियों का पुतला है। अहम् को पोषित करते हुए वह ग़लतियों की पोटली को हरदम भारी करता चला जाता है। फिर एक दिन अपनी ही ग़लतियों के बोझ में दबकर अप्रासंगिक हो जाता है और दूसरों पर दोषारोपण करना शुरू कर देता है। मैं भी तो राधा की ही भक्ति की कायल हूँ।' हरि कौर ने मधुमिता की उलझन को और उलझा दिया था।

'राधा क्यों? गोपियों की क्यों नहीं? राधा ने अपने प्रेम को पाने के लिए जिस दुनियादारी का मोह त्याग किया था, उसमें उसका स्वार्थ था। जबकि गोपियों ने तो भक्ति–भाव की ख़ातिर स्वर्ग–लोक छोड़कर वृन्दावन में पशु–पक्षियों का जीवन जीना स्वीकार किया था। मैं गोपियों की भक्ति और श्रद्धा की कायल हूँ। निःस्वार्थ भक्ति में ही जीवन का रहस्य ढूँढ़ा जाना चाहिए। सांसारिक मोह–जाल में फँस कर जीवन जीने वाले मनुष्य और मात्र पेट भरने के लिए जीने वाले जानवरों में ज़्यादा अन्तर नहीं होता। इन्सान को उसका मोह और जानवर को उसकी भूख काल का ग्रास बना देती है। मैं तो गोपियों जैसा जीवन ही चाहती हूँ।'

मधुमिता ने हरि कौर के माथे पर चिन्ता की लकीरों को और गहरा कर दिया था। बेटी गोपियों की निःस्वार्थ भक्ति की हिमायत जो कर रही थी। मधुमिता के विचार सुनकर हरि कौर बीर जी के प्रस्ताव को मधुमिता के सामने रखने की हिम्मत नहीं जुटा पायी थी।

समय बीत रहा था। राम रक्खा को बीर जी के प्रस्ताव पर अपना मन्तव्य बीर जी को बताना था। हरि कौर ने राम रक्खा से साफ़–साफ़ कह दिया था–

'तुम्हारी बेटी तुम्हारी ही तरह है। किसी को आये–गये की सुध नहीं देती। तुम ही उससे बात कर लेना।'

दुनिया के इस भू–भाग में अभी भी बाप अपनी बेटी से उसके विवाह के बारे में बात नहीं करता। पेंच फँस गया था। हरि कौर मधुमिता से बात नहीं कर पा रही थी और राम रक्खा लोक–लाज का तकाज़ा निभा रहे थे। मधुमिता ने दोनों की स्थिति को भाँप लिया था। एक दिन ख़ुद ही बोली थी–

'बाप जी, आप मुझे उलझन में दिखायी देते हो। साफ़–साफ़ बताओ ना, क्या बात है?' मधुमिता ने राम रक्खा की उलझन कम कर दी थी।

'उलझन है भी और नहीं भी, बेटी। तुम्हारी उम्र अब विवाह करने की हो गयी है। बीर जी ने प्रस्ताव दिया है कि मठ के स्कूल में मधुकर नाम का प्राध्यापक है जो तुम्हारे से वैवाहिक सम्बन्ध का इच्छुक है। तुम्हारी मर्ज़ी जानने की उलझन में फँसा हुआ हूँ। मेरी नज़र में प्रस्ताव अच्छा है।' राम रक्खा एक ही झटके में सब कुछ कह गया था।

राम रक्खा भी दूसरे बापों की तरह ही था। जितना जल्दी हो सके बेटी के हाथ पीले करके ज़िम्मेदारी से मुक्त हो जाना चाहता था। मुक्ति पाने की इस यात्रा में बाप अपनी बेटी की मर्ज़ी की परवाह भी नहीं करते हैं यद्यपि ज़िन्दगी में विवाह का फ़ैसला स्त्री के लिए पुनर्जन्म से कम अहमियत नहीं रखता है। विवाह, बेटी के प्रतिस्थापन का पर्व है। प्रतिस्थापन एक परिवार से नहीं, बल्कि एक दूसरी संस्कृति में और एक दूसरे की आकांक्षाओं और आवश्यकताओं के संसार में भी।

भारतीय भू–मण्डल में बेटियाँ परिवार की इच्छा के अनुरूप अपनी आकांक्षाओं को ढाल लिया करती हैं। राम रक्खा को मधुमिता से भी ऐसी ही अपेक्षा थी।

'मधुकर को मैं जानती हूँ, बाप जी। अच्छा लड़का है। केवल एक ही समस्या है। मैं मठ का साथ नहीं छोड़ सकती।' मधुमिता ने सशर्त स्वीकृति दे दी थी।

राम रक्खा मन–ही–मन ख़ुश था कि बेटी विवाह के बाद भी आँखों के सामने ही रहेगी। पर क्या मधुकर यह शर्त स्वीकार करेगा? प्रश्न जटिल था।

इतवार को सत्संग के बाद सेवादार राम रक्खा को बीर जी की कुटिया में फिर ले गया था। राम रक्खा ने मधुमिता की शर्त बीर जी को बता दी थी।

'यह कोई बड़ी शर्त नहीं है राम रक्खा। मधुकर बहुत पहले मठ को समर्पित हो चुका है। फिर भी मनमोहन और मधुकर दोनों को ही पूछ लेते हैं।' बीर जी ने सेवादार को कहकर मनमोहन और मधुकर को बुला लिया था।

मधुकर और मनमोहन ने मधुमिता की शर्त स्वीकार कर ली थी। अगली ही आख्या–तीज पर मधुकर और मधुमिता विवाह के बन्धन में बँध गये थे। बीर जी ने मधुमिता को मठ में ही महिला होस्टल का प्रबन्धक नियुक्त कर दिया था। मधुमिता की मठ के प्रति आस्था और गहरी हो गयी थी। मधुकर तो पहले ही मठ के प्रति अटूट श्रद्धा रखता था। दिन बीतने लगे थे। अभी इस कहानी को यहीं छोड़ता हूँ।

उधर जेल में बी और मधुमिता जी की मुलाक़ात का सिलसिला जारी था। मधुमिता जी बी को बता रही थी–

'जेल से छूटने के बाद मम्मी–पापा मुझे मामा के घर करीमनगर ले गये थे। कुछ दिन तक वहाँ शरण ली थी। पर एक घर में दो परिवार नहीं रह सकते। पापा ने करीमनगर छोड़ दिया था। आसफनगर में अपना छोटा–सा व्यवसाय शुरू कर दिया था।

पता ही नहीं चला कब पाँच–छह साल इसी तरह गुज़र गये थे।' मधुमिता जी अपने गुज़रे हुए कल के बारे में बी को बता रही थी।

'मैंने मठ से सारे सम्बन्ध तोड़ लिए थे। उपासना दीदी मठ का संचालन कर रही थी। पुरानी संगत के कुछ लोग दोबारा मठ के साथ जुड़ गये थे। मठ में आने–जाने वाले लोग कहते थे कि मठ में पहले वाली बात नहीं रह गयी थी। शरीर बाक़ी था, मठ की आत्मा पलायन कर चुकी थी। जनतन्त्र पार्टी के लोग मठ की प्रबन्धन समिति में शामिल हो गये थे। उन्हीं के कहने से सारे फ़ैसले लिए जाते थे। जिन लोगों ने मठ के साथ जुड़कर मठ में कारोबार शुरू कर लिया था, वे सब वापस चले गये थे। मठ में केवल वही परिवार बचे थे जिन्होंने वहाँ पक्के घर बना लिए थे। समाज कल्याण से जुड़ी हुई मठ की सारी गतिविधियाँ समाप्त हो गयी थीं। पर हर इतवार सत्संग ज़रूर होता है जिसमें उपासना दीदी प्रवचन करती है। लाखों की संगत सिमटकर सैकड़ों में रह गयी है। कभी बीर जी की आस्था का मठ अब उपासना दीदी के व्यक्तिगत सत्संग तक सीमित होकर रह गया है। अलग–अलग स्थानों पर स्थित बाक़ी के मठों का भी यही हाल है।' मधुमिता जी ने मठ की हालत बी को बता दी थी। मेरी आशंका का समाधान हो गया था। मठ का विस्तार जिस गति से हुआ था, उसी गति से मठ उजड़ गया था।

परिवर्तन की गति में उसके स्थायित्व का अंकुर छिपा होता है। तेज़ गति से होने वाले परिवर्तन सामान्यता अल्पायु होते हैं। धीमी गति से होने वाले परिवर्तन अधिक टिकाऊ होते हैं। यह प्रकृति का नियम है। जीवों की आयु का भी यही सिद्धान्त है। तेज़ी से बढ़ने वाले जीव की आयु लघु होती है। धीमी गति से विकसित होने वाले जीव दीर्घायु होते हैं। जिस तेज़ गति से बीर जी ने मठ को आगे बढ़ाया था मुझे उसके बारे में पहले ही शंका थी कि वह सामान्य विकास प्रक्रिया नहीं थी। विज्ञान में जड़त्व का सिद्धान्त भी यही स्थापित करता है। किसी वस्तु को जड़त्व की स्थिति से गतिशील बनाने में जितना बल लगेगा उसको पुनः जड़त्व की स्थिति में लाने में उतना

ही अधिक बल लगाना पड़ेगा। सामाजिक शास्त्र हो या राजनीति, आर्थिक विकास हो या विज्ञान, प्रकृति के कुछ सिद्धान्त सभी विषयों पर एक समान रूप से लागू होते हैं।

मैंने बी और मधुमिता जी की बातचीत बड़ी सावधानी से सुनी थी। मधुमिता जी ने यह क्यों कहा था कि जनतन्त्र पार्टी के लोग मठ की प्रबन्धन समिति में शामिल हो गये थे? क्या धर्म और राजनीति में समन्वय नहीं होना चाहिए? आख़िर मधुमिता जी किस ओर इशारा कर रही थीं? क्या मैं कुछ भूल रहा था? मैंने और ध्यान से बी और मधुमिता जी की बातों को सुनना शुरू कर दिया था। मधुमिता जी कह रही थीं–

'एक दिन मुझे ढूँढ़ते–ढूँढ़ते प्रकाश जी हमारे घर आसफनगर आ पहुँचे थे। दिवाली का दिन था। हवा में शरद की शीतलता और नवांकुरों की उत्पत्ति की महक नव–स्फूर्ति बनकर शरीर में दौड़ रही थी। सृजन के लिए इससे अधिक पावन वेला नहीं हो सकती। इस ऋतु में मनुष्य की ऊर्जा सर्वाधिक प्रामाणिक और सर्वथा असरदार होती है। मुझे प्रकाश जी की धूमिल सी स्मृति का स्मरण था। प्रकाश जी के क्षेत्र की सैकड़ों लड़कियाँ मठ के स्कूल में पढ़ती थीं और होस्टल में रहती थीं। प्रकाश जी प्रायः वहाँ आते रहते थे और बीर जी से मिलते रहते थे। सुनते थे कि प्रकाश जी जनतन्त्र पार्टी के बड़े पदाधिकारी थे।'

मधुमिता जी ने जैसे ही जनतन्त्र पार्टी और प्रकाश जी का ज़िक्र किया मैं काल–खण्ड के उस भाग में पहुँच गया था जहाँ एक दिन प्रकाश जी और बीर जी के बीच वार्तालाप चल रहा था।

'बीर जी इस बार का चुनाव कठिन है। आपके पास सभी राजनीतिक पार्टियों के लोग आ रहे हैं। हमारी पार्टी का भी ध्यान रखना।' प्रकाश जी ने बीर जी से कहा था।

'मठ में आपका हमेशा स्वागत रहेगा प्रकाश जी। शाह जी और पाह जी का आदेश था कि मठ मनुखता की सेवा के लिए काम करे। आप जनता की सेवा करते हैं और मठ मनुखता की सेवा करता है। जहाँ मनुखता होगी मठ का साथ अपने आप वहाँ होगा।

मठ खुलकर किसी राजनीतिक पार्टी का समर्थन नहीं कर सकता। किसी पार्टी के पक्ष में आदेश जारी करना मठ की परम्परा नहीं रही है। जैसा आशीर्वाद बाक़ी सब को वैसा ही आशीर्वाद आपकी पार्टी को भी देता हूँ। आप सदा मनुखता की सेवा करते रहें।'

मैं साक्षी हूँ। बीर जी ने किसी राजनीतिक पार्टी को अलग से कोई आशीर्वाद नहीं दिया था। लेकिन बीर जी और प्रकाश जी की मुलाक़ात के बाद ऐसा प्रचार कर दिया गया था कि बीर जी ने जनतन्त्र पार्टी को चुनाव में आशीर्वाद दे दिया था। चुनाव में जनतन्त्र पार्टी की जीत हुई थी। बहुत से ऐसे उम्मीदवार भी जीत गये थे जो कभी सपने में भी नहीं जीत सकते थे। उन्हें लगा कि उनकी जीत में बीर जी की मेहर काम आयी है। उन्होंने मठ में लगातार जाना शुरू कर दिया था। इस कारण मठ विपक्षी पार्टियों के निशाने पर आ गया था। नियति इसी को कहते हैं। इस पर मेरा भी बस नहीं चलता। नियति विधाता के अधीन है। केवल इतना जानता हूँ कि नियति नीयत से अधिक बलवान होती है।

मधुमिता जी बी को बता रही थीं–'प्रकाश जी ने मुझे अपना परिचय दिया और मठ में मेरे प्रवास के दिनों की याद दिलाकर यह बताने का प्रयास किया कि मेरे साथ कैसे–कैसे षड्यन्त्र हुआ था। उन्होंने मुझे बताया कि विपक्षी पार्टियों ने यह झूठा प्रचार कर दिया था कि बीर जी मधुमिता को मठ का वारिस बनाने वाले हैं। मेरी समझ में यह नहीं आ रहा था कि प्रकाश जी मुझे यह सब कुछ क्यों बता रहे थे?'

मधुमिता जी की समझ में कुछ आया हो या नहीं पर मैं तो सबके पल–पल का साक्षी हूँ। मठ में मधुकर और मधुमिता का वैवाहिक जीवन प्रारम्भ हो गया था। मधुमिता की रुचि सांसारिक और वैवाहिक रिश्तों में कम ही थी। वह अध्यात्म और मठ की अन्ध भक्ति को समर्पित एक नारी थी जो बीर जी में अटूट आस्था रखती थी। इसके ठीक विपरीत मधुकर एक सामान्य गृहस्थी बसाना चाहता था। वह मठ में रह ज़रूर रहा था, पर मठ का अन्ध–भक्त नहीं था।

मधुकर और मधुमिता की शादी किसी तरह दो साल तक चली थी। अन्त में जब विवाद बढ़ गया तो मामला बीर जी तक पहुँचा था। शादी को बचाने के लिए बीर जी के परामर्श पर मधुकर और मधुमिता मठ छोड़कर दिल्ली चले गये थे। बीर जी ने दोनों को एक व्यावसायिक प्रतिष्ठान में नौकरी दिलवा दी थी। दोनों ने एक वर्ष दिल्ली में बिताया था। उनकी गृहस्थी आगे नहीं बढ़ पायी थी। दोनों ने आपसी सहमति से तलाक ले लिया था। मधुमिता वापस मठ में माता–पिता के पास आ गयी थी। मधुकर दिल्ली में ही बस गया था।

शादी टूट जाने के बाद मधुमिता मठ को और भी अधिक समर्पित हो गयी थी। उसे मठ की प्रबन्धन समिति में स्थान मिल गया था।

उधर मधुमिता जी बी को प्रकाश जी के साथ हुए उनके वार्तालाप के बारे में बताती जा रही थीं।

'प्रकाश जी ने मुझे बताया कि जनतन्त्र पार्टी को राज करते हुए लम्बा समय हो गया है। लोकहित पार्टी और सामाजिक न्याय पार्टी से इस बार का चुनावी मुक़ाबला मुश्किल होने वाला है। मैंने उन्हें बताया कि जेल से आने के बाद मैं मठ के सम्पर्क में नहीं हूँ। माता–पिता के साथ रहकर आसफनगर के बच्चों के एक स्कूल में छोटी–सी नौकरी करके गुज़ारा कर रही हूँ। राजनीति में मेरी कोई दिलचस्पी नहीं है। प्रकाश जी ने सब कुछ ध्यान से सुना था। उसके आगे प्रकाश जी ने जो कुछ बताया उस पर यक़ीन करना मेरी मजबूरी बन गया था। उन्होंने जो कुछ मुझे बताया उसकी मुझे पहले आशंका ज़रूर थी पर उस दिन सबूत मिल गया था।'

मैं रुक गया था। मधुमिता जी किस आशंका की बात कर रही थीं? प्रकाश जी ने किस षड्यन्त्र का खुलासा किया था? मैंने प्रकाश जी और मधुमिता जी के वार्तालाप पर कान टिका लिए थे। प्रकाश जी मधुमिता जी को बता रहे थे–

'विपक्षी पार्टियों का प्रचार रंग लाने लगा था। चारों ओर यही बात चल निकली थी कि बीर जी के बाद मधुमिता मठ की मुखी बनने जा रही हैं। विपक्षी पार्टियों ने उपासना दीदी से सम्पर्क बढ़ा लिए थे।

उन्होंने उपासना दीदी को विश्वास में ले लिया था। विपक्षी पार्टियों ने उपासना दीदी को यह विश्वास दिला दिया था कि सारे विपक्षी चाहते हैं कि मठ का हित उपासना दीदी के हाथों में सुरक्षित है। अतः समय रहते बीर जी और मधुमिता से मठ को छुटकारा दिला दिया जाये। विपक्षी पार्टियों की इस सम्बन्ध में काँगड़ा में एक मीटिंग हुई थी जिसमें पूरे षड्यन्त्र की रूपरेखा तैयार की गयी थी।' प्रकाश जी ने खुफ़िया प्रमुख भूरे लाल की वह रिपोर्ट मधुमिता को पढ़ने के लिए दे दी थी जिसमें उस षड्यन्त्र की रूपरेखा का वर्णन था जिसका ज़िक्र प्रकाश जी कर रहे थे।

मैं उस रिपोर्ट का गवाह हूँ। भूरे लाल उस रिपोर्ट को मुख्यमन्त्री अम्मा आशामई के पास लेकर गये थे। कई मन्त्रीगण वहाँ बैठे थे। रिपोर्ट पढ़कर अम्मा आशामई मुस्करायी थी। खुफ़िया प्रमुख को शाबाशी दी थी। भूरे लाल ने रिपोर्ट के साथ विपक्षी नेताओं की काँगड़ा में हुई मीटिंग के फ़ोटो जो साथ लगाये थे। प्रशंसा से फूले न समाते हुए भूरे लाल के कन्धे सिकुड़ गये थे। भृकुटियाँ तन गयी थीं। चाल कड़क हो गयी थी। चुपचाप जाकर सामने वाली कुर्सी पर बैठ गये थे। मन्त्री फ़ैजी जी ने खुफ़िया प्रमुख की रिपोर्ट पर सवाल उठाये थे। यह भी कहा था कि खुफ़िया विभाग की अधिकतर रिपोर्ट विपक्षी पार्टियाँ मनगढ़न्त कहानियाँ बनाकर जान–बूझकर तैयार करवाते हैं। अम्मा आशामई ने एक नहीं सुनी थी। अम्मा ने खुफ़िया प्रमुख की वह रिपोर्ट सभी को पढ़कर सुनाने के लिए कहा था। भूरे लाल की बाँछें खिल गयी थीं। उनको रिपोर्ट का पारितोषिक मिल गया था। भूरे लाल ने रिपोर्ट पढ़ी थी–

'ख़बरी के सूत्रों से पता चला है कि 10 जून 1975 को काँगड़ा में प्रमुख विपक्षी दलों के नेताओं की एक मीटिंग हुई है। इस मीटिंग में राकेश कुमार लोकहित पार्टी, नछत्तर सिंह सामाजिक न्याय पार्टी और वरयाम सिंह आदि शामिल थे। मीटिंग में चर्चा हुई कि मठ के मुखी बीर जी ने चुनाव में जनतन्त्र पार्टी की मदद की है। उन्हें सबक सिखाया जाना चाहिए। बीर जी मधुमिता को मठ का अगला मुखी बनाना चाहता है। इसे लेकर मठ में आपसी मतभेद बढ़ गये हैं।

प्रबन्धन समिति की मुखिया उपासना दीदी मठ का अगला मुखी बनना चाहती है। उपासना दीदी से मिलकर विपक्षी दल ऐसा कुछ करें कि मधुमिता और बीर जी दोनों एक ही तीर से शिकार हो जाये। उपासना दीदी ने उन्हें आश्वासन दिया है कि वह विपक्षी पार्टियों को अपना सहयोग देगी। मीटिंग में वरयाम सिंह ने कहा कि इस मौक़े को हाथ से नहीं जाने दिया जाना चाहिए। राकेश कुमार ने कहा कि मठ की ज़मीन का विवाद सरदूलापुर गाँव के लोगों से चल रहा है। उनसे मिलकर बीर जी और मधुमिता को फँसाया जाये ताकि उपासना दीदी का रास्ता साफ़ हो सके। नछत्तर सिंह ने कहा कि सरदूलापुर के सरपंच ने उससे इस बारे में बात की है। मीटिंग में सभी ने इस योजना को सिरे चढ़ाने की बात मान ली है।'

भूरे लाल रिपोर्ट पढ़कर अपनी कुर्सी पर बैठ गये थे। मन्त्री फ़ैजी ने फिर कहा कि रिपोर्ट विश्वसनीय नहीं है। ललिता बहन जी ने कहा कि रिपोर्ट की विश्वसनीयता जाँच ली जाये। दिनेश्वर शर्मा ने चिन्ता व्यक्त करते हुए कहा कि बीर जी को सचेत कर दिया जाना चाहिए। अम्मा आशामई चुप रही थी। वो ऐसा कुछ नहीं करना चाहती थी जिससे उपासना दीदी पर कोई अँगुली उठे।

पहली बार भूरे लाल ने एक तथ्यात्मक रिपोर्ट अम्मा को दी थी जिसमें कोई सलाह नहीं थी। अम्मा साफ़ दिल की मालकिन थी। भूरे लाल ने अम्मा की इस आदत को बख़ूबी पहचान लिया था। जो अच्छे तरीक़े से अपनी बात सुना दे अम्मा उसे ही सच मान लेती थी। भूरे लाल अम्मा का साथ नहीं छोड़ते थे। बाथरूम के दरवाज़े तक भी ख़ुद छोड़ने जाते थे। अम्मा की बुद्धि पर नाग की तरह कुण्डली लगाकर बैठ गये थे। मन्त्रियों की भी नहीं सुनते थे। यह खुफ़िया–पन्थी का नमूना था, राजा के सलाहकार होने का धर्म नहीं। एक बार विष्णु जी ने नारद को खुफिया–पन्थी और राजा के सलाहकार के धर्म का अन्तर बताया था। विष्णु जी ने कहा था कि खुफिया–पन्थी चापलूसी की बड़ी बहन होती है। राजा के सलाहकार को चापलूस कतई नहीं होना चाहिए। चापलूस किसी के नहीं होते। अपने माता–पिता के भी नहीं।

चापलूसों से घिरा राजा अकेला ही रह जाता है। सलाहकार वही होता है जो अपना सर्वस्व लुटा दे, स्वामी पर आँच न आने दे। विष्णु जी ने महात्मा विदुर को अनुकरणीय सलाहकार बताया था और मन्थरा को खुफ़िया–पन्थी का पर्यायवाची।

भूरे लाल की रिपोर्ट सच साबित हुई थी। सरदूलापुर के लोगों ने इकट्ठे होकर मठ की उस ज़मीन पर फिर से क़ब्ज़ा कर लिया था जो बीर जी ने नाप–तोल करवाकर गाँव वालों से छुड़वाई थी। मठ की प्रबन्धन कमेटी की मीटिंग हुई थी जिसमें उपासना दीदी और मधुमिता समेत सभी सदस्य शामिल थे। मीटिंग में उपासना दीदी ने प्रस्ताव पास करवाया था कि मठ की संगत की मदद से मठ की ज़मीन को गाँव वालों से फिर से छुड़वाया जाये। अगले ही दिन संगत मठ की ज़मीन छुड़वाने के लिए सरदूलापुर गाँव के लोगों से भिड़ गयी थी। आपसी झड़प में गाँव के दो उम्र–दराज बूढ़े भगदड़ में पैरों तले कुचले गये और मर गये थे। योजना के मुताबिक़ गाँव वालों ने बीर जी और प्रबन्धन समिति के सदस्यों पर हत्या का मुक़दमा दर्ज़ करवा दिया था। मुक़दमे में उपासना दीदी का नाम नहीं लिखवाया गया था। पता नहीं क्यों पुलिस ने भी उपासना दीदी को झगड़े की योजना में शामिल नहीं दिखाया था? झगड़े वाले दिन मधुमिता मठ से बाहर गयी हुई थीं। इसलिए मुक़दमे से बच गयी थी। अदालत में दस वर्ष तक मुक़दमे की कार्यवाही चली थी। दस साल बाद अदालत के फ़ैसले में बीर जी को आजीवन कारावास की सज़ा मिली थी। प्रबन्धन समिति के कुछ सदस्यों को भी सज़ा हुई थी।

मठ की कहानी को यहीं छोड़कर मधुमिता जी और बी की ओर ध्यान लगाते हैं जहाँ मधुमिता जी बी को अपनी और प्रकाश जी की मुलाक़ात का विवरण दे रही थीं।

'प्रकाश जी ने मुझे बताया कि मुझे किस प्रकार साज़िश रचकर फँसाया गया था। प्रकाश जी ने उसी साज़िश का खुलासा किया था जिसका ज़िक्र मैं अक्सर आपके साथ जेल की बैरक में किया करती थी। साज़िश हू–ब–हू वैसी ही निकली थी जैसा मैं आपको बताया करती थी।

इस साज़िश के बारे में दिनेश्वर शर्मा मन्त्री जी भी बीर जी को बताकर गये थे। लेकिन बीर जी ने यह कहकर सब कुछ नज़रअन्दाज़ कर दिया था कि उन्होंने लोक–भलाई के इतने काम किये हैं कि कोई उनके साथ ऐसी साज़िश करने की सोच भी नहीं सकता। बीर जी स्वयं देवता समान हैं। लोगों को भी ऐसा ही समझते हैं। लेकिन प्रत्येक इन्सान देवता नहीं हो सकता। इन्सान जन्म से पशु है और टकराव तथा बलात् ग्रहण करना ही उसकी फ़ितरत है। शिक्षा, प्रवचन और भक्ति इन्सान को उसकी पाश्विक प्रवृत्ति से छुटकारा दिलाते हैं। परन्तु सबकी भक्ति पूर्ण नहीं होती। कोई–न–कोई त्रुटि ज़रूर रह जाती है। मनुष्य सारी ज़िन्दगी उसी त्रुटि का ख़मियाजा भुगतता है और इन्सानियत को शर्मसार करता रहता है।'

मधुमिता जी सच कह रही थीं। लेकिन इसके आगे उन्होंने बी को जो बताया वह सुनकर मैं स्तब्ध था।

'जब दिनेश्वर शर्मा जी बीर जी को उन्हें मुक़दमे में फँसाने की साज़िश के बारे में बता रहे थे उस समय मैं कुटिया में मौजूद थी। दिनेश्वर शर्मा जी ने बीर जी को कहा था कि वे सरदूलापुर वालों को बुलाकर समझा देते हैं। बीर जी ने उन्हें ऐसा करने से रोक दिया था। बीर जी ने कहा था–''यदि उनकी अच्छाई और सन्मार्ग का रास्ता लोगों में उनके प्रति श्रद्धा का भाव अभी तक नहीं जगा सका है तो वे इसका अंजाम भुगतने को तैयार हैं। इसका एक ही कारण है कि उनकी तपस्या अभी अधूरी है।'' बीर जी ने दिनेश्वर शर्मा जी की सलाह दरगुज़र कर दी थी।'

मैं यह नहीं समझ पाया था कि बीर जी ऐसा क्यों सोच रहे थे? उत्तर ढूँढ़ते–ढूँढ़ते मुझे अपना ही नियम स्मरण हो आया था। जब व्यक्ति काल की गति से तेज़ चलकर आगे चला जाता है तो मैं उसकी बुद्धि पर बैठकर उसकी गति को अपनी गति के साथ मिला लेता हूँ। बीर जी का फ़ैसला उनका ज़रूर था लेकिन उस फ़ैसले के पीछे काल–चक्र की अदृश्य शक्ति काम कर रही थी। उधर पार्वतीपुर जेल में मधुमिता जी और बी की मुलाक़ात चल रही थी।

'आपको याद होगा बी, एक इतवार को बीर जी सत्संग के दौरान फूट–फूट कर रोये थे। यह इतवार ठीक उस दिन के बाद का इतवार था जब दिनेश्वर शर्मा जी बीर जी को साज़िश के बारे में बता कर गये थे। उस दिन बीर जी ने सत्संग को बताया था कि इन्सान के धरती पर क़दम रखने का मतलब होता है विश्वास। विश्वास अपने पर, अपनों पर और अपने भगवान पर। तीनों विश्वास जब आपस में मिल जाते हैं तो मनुष्य धरती पर पहला क़दम चलता है। इसके बाद हर क़दम पर मनुष्य दुनिया का विश्वास हासिल करने की क़वायद ज़िन्दगी भर करता रहता है। इन्सान की सारी ज़िन्दगी विश्वास की इसी खोज में गुज़र जाती है। वह मेहनत करता है, सत्कर्म करता है और मनुखता से नाता जोड़ता है। विश्वास की इस जद्दोजहद में कुछ लोग रास्ता भटक जाते हैं। वे हिंसा का रास्ता अपनाने लगते हैं। उन्हें भ्रम हो जाता है कि हिंसा के सहारे लोगों को पराधीन बनाकर उन्हें उनका विश्वास हासिल हो जायेगा। लेकिन ऐसा कभी भी नहीं होता है। दूसरों का विश्वास हासिल करने के लिए हिंसा का त्याग करना पड़ता है। बीर जी ने संगत को सम्बोधित करते हुए आगे कहा था कि विश्वास की उनकी यात्रा में विश्राम का समय आ गया लगता है। उन्हें दूर कहीं हिंसा की आहट सुनायी दे रही है। यह कहकर बीर जी बच्चों की तरह फूट–फूट कर रोने लगे थे। संगत भावुक होकर खड़ी हो गयी थी। सेवादारों ने मोर्चा सँभाल लिया था। सबने एक स्वर में नारा लगाया था–

वाहे मनुख जी, वाहे मनुख जी।
तू ही तू है, तू ही तू है।
शाह भी तू है, पाह भी तू।
तू ही बीर जी, संगत भी तू।
धन धन मनुख जी, धन धन संगत।
धन धन मनुख, तेरा ही सहारा जी।

उपासना जी ने घोषणा कर दी थी कि आज का सत्संग यहीं समाप्त होता है। संगत वापस जाने लगी थी। बीर जी के फूट–फूट

कर रोने की गुत्थी संगत को विचलित कर गयी थी। मैं भी कुछ नहीं समझ पायी थी।'

मधुमिता जी समझतीं भी कैसे? मेरी गति को यदि इन्सान समझ जाये तो वह सबसे पहले मुझसे मेरी गति छीन लेगा। हर किसी के जीवन के रहस्यों को मैं अपने तक सीमित रखता हूँ। उन्हें समय आने पर अपनी गति और तरीक़े से उजागर करता हूँ। यही मेरी शक्ति है। यही मुझमें लोगों के विश्वास का आधार है। बीर जी का रोना संगत के लिए एक संकेत था कि उन्हें कुछ भी स्वीकार करने के लिए तैयार रहना चाहिए।

जीवन में सब कुछ वैसा नहीं होता जैसा मनुष्य सोचता है। इसलिए मनुष्य को कुछ भी अप्रत्याशित घटना को सहने के लिए हमेशा तैयार रहना चाहिए। मुझे पता था बीर जी क्यों रोये थे लेकिन मैं समय से पहले घटना–क्रम को उजागर न करने के अपने धर्म से बँधा हुआ हूँ। इससे आगे अभी कुछ नहीं बता सकता।

मधुमिता जी बी को कुछ और भी बता रही थीं–

'कुछ दिन बाद बीर जी ने मठ की प्रबन्धन समिति की बैठक बुलाई थी। उपासना दीदी बैठक में मौजूद थीं। मैं भी मीटिंग में थी। बीर जी ने मीटिंग में लम्बी तकरीर की थी।

बीर जी ने प्रबन्धन समिति के सदस्यों को दिनेश्वर शर्मा जी द्वारा बताये गये षड्यन्त्र के बारे में सूचित किया था। प्रबन्धन समिति के सभी सदस्यों ने बीर जी को दिनेश्वर शर्मा जी द्वारा दिये गये प्रस्ताव को मानकर सरदूलापुर वालों को समझाने का प्रयास करने की सलाह दी थी। बीर जी ने प्रबन्धन समिति के प्रस्ताव को विनम्रता से यह कहकर अस्वीकार कर दिया था कि गाँव वाले जितनी ज़मीन पर अपना हक़ जताते हैं उन्हें वह ज़मीन ले लेने दो। मठ का कोई भी व्यक्ति या अनुयायी इसमें बाधा न बने।' इतना सन्देश लेकर बैठक समाप्त हो गयी थी।

अगले दिन सरदूलापुर वालों ने मठ की ज़मीन पर ट्रैक्टर चलाकर क़ब्ज़ा करना शुरू कर दिया था। मठवासियों ने बीर जी के आदेशों

को मानते हुए कोई प्रतिरोध नहीं किया था। विपक्षी पार्टियों को उनकी योजना विफल होती दिखायी दे रही थी। शाम होने तक मठ की लगभग पचास एकड़ ज़मीन पर गाँव वालों ने क़ब्ज़ा कर लिया था। अगले दिन भी क़ब्ज़ा करने की कार्रवाई की जानी थी। विपक्षी पार्टी के नेता पल–पल की ख़बर रख रहे थे। शाम को राकेश कुमार, नछत्तर सिंह और वरयाम सिंह पार्वतीपुर के क्लार्क होटल में मिले थे। यह निर्णय लिया गया था कि पूर्व निर्धारित योजना को सफल बनाने के लिए कुछ शरारती तत्त्व भेजकर झगड़ा करवाया जाये।

अगले दिन सब कुछ योजना के अनुसार हुआ था। लाठी, डण्डे और हथियार लेकर कईं सौ शरारती तत्त्व मठ की ओर से उस स्थान पर पहुँच गये थे जहाँ सरदूलापुर वाले मठ की ज़मीन पर ट्रैक्टर चला रहे थे। शरारती तत्त्वों ने सरदूलापुर वालों के ट्रैक्टरों में आग लगाकर उन पर हमला कर दिया था। दो बूढ़े लोग इस हमले में मारे गये थे। सरदूलापुर के सरपंच ने बीर जी समेत प्रबन्धन समिति के सभी सदस्यों के ख़िलाफ़ मुक़दमा दर्ज़ करवा दिया था। पुलिस ने प्रबन्धन समिति के सभी सदस्यों के साथ बीर जी को गिरफ़्तार कर लिया था। मधुमिता जी उस दिन मठ से बाहर मुम्बई गयी हुई थीं। इसलिए बच गयी थीं। उपासना दीदी पर पुलिस ने रहम कर दिया था। इस मुक़दमे में प्रबन्धन समिति के कईं सदस्यों और बीर जी को आजीवन कारावास की सजा सुनायी गयी थी।

बीर जी को दी गयी सजा की घोषणा होते ही संगत इकट्‌ठी हो गयी थी। उपासना दीदी ने संगत को शान्त रहने का सन्देश दिया था। विपक्षी पार्टियों ने संगत के बीच में घुसकर हंगामा करवा दिया था। बलवा हो गया था। भीड़ ने वाहन जला दिये थे। सरकारी दफ़्तरों में आग लगा दी थी। काफ़ी हिंसा हुई थी। मधुमिता और गुरकादी बी सहित प्रबन्धन कमेटी के लोगों पर मुक़दमे दर्ज़ हो गये थे। उपासना दीदी फिर बच गयी थी। इन मुक़दमों में मधुमिता बरी हो गयी थी। गुरकादी बी को मधुमिता को शरण देने के जुर्म में सज़ा हो गयी थी।

उधर जेल में मधुमिता जी गुरकादी बी को बीर जी की तकरीर के बारे में बता रही थीं।

'बीर जी ने प्रबन्धन कमेटी के सदस्यों को बताया था कि अल्बर्ट आइन्सटीन ने नोबेल पुरस्कार मिलने की सूचना देने गये सन्देशवाहक को एक क़ागज़ के टुकड़े पर लिख कर दिया था–''जीवन की मंज़िल हासिल करने के बाद ख़ुशी मिल ही जायेगी इसकी कोई गारण्टी नहीं है। कामयाबी और उसके साथ आने वाली बेचैनी की बजाय एक शान्त और विनम्र जीवन आपको अधिक ख़ुशी देता है।''

बीर जी ने आगे बताया था–

मनुष्य जीवन का उद्देश्य ख़ुशी से जीवन व्यतीत करना होना चाहिए। अगर सरदूलापुर वालों को मठ की ज़मीन पर क़ब्ज़ा करने से ख़ुशी मिलती है तो मठ वालों को उनकी ख़ुशी में बाधा नहीं बनना चाहिए। उसके बाद जो कुछ हुआ वह सब आपने देखा ही था बी।

'फिर तुमने प्रकाश जी को क्या उत्तर दिया?' बी की उत्सुकता बढ़ गयी थी। बी मधुमिता जी से सब कुछ जानने के लिए अधीर हो उठी थी।

'प्रकाश जी ने बताया था कि बीर जी को सज़ा हो जाने के बाद मठ सुनसान हो गया था। प्रबन्धन समिति के सारे लोग जेलों में बन्द थे। मठ की बागडोर उपासना दीदी के हाथों में आ गयी थी। यद्यपि विपक्षी पार्टियों ने उपासना दीदी के साथ मिलकर षड्यन्त्र किया था तथापि मठ के अनुयायियों का समर्थन विपक्षी पार्टियों को नहीं मिल पाया था। मठ के अनुयायी बीर जी के अलावा किसी और को गुरु मानने के लिए तैयार नहीं थे। उन्होंने यह कहकर चुनाव का बहिष्कार कर दिया था कि जिस चुनावी षड्यन्त्र के कारण बीर जी को क़ैद हुई है उस चुनाव में उनकी कोई दिलचस्पी नहीं है। अम्मा आशामई फिर चुनाव जीत गयी थी। कहने को उपासना दीदी मठ सँभाल रही थी लेकिन मठ के अनुयायियों का विश्वास उनमें बहाल नहीं हो पाया था।

अम्मा आशामई तीन बार मुख्यमन्त्री बन चुकी है। इस बार मतदाता सरकार के विरुद्ध है। इस मठ के समर्थन के बिना चुनाव

जीतना मुश्किल है। प्रकाश जी ने खुफ़िया विभाग की ताज़ी रिपोर्ट मेरे सामने रख दी थी। रिपोर्ट में कहा गया था कि मठ के मनुखों की आस्था बीर जी के साथ ही है। बीर जी अभी भी यही मानते हैं कि शाह जी का नूर मधुमिता में ही है। मठ तभी आबाद होगा जब मधुमिता मठ की गद्‌दी पर आसीन होंगी।'

मधुमिता जी और बी के बीच वार्तालाप चल रहा था। मैं तनिक भी आश्चर्यचकित नहीं था। राजनीति की चाल, चरित्र और चेहरा दर्पण की तरह होता है जिसमें हर कोई अपना स्वरूप देख सकता है। राजनीति के दर्पण पर समय की गर्द निरन्तर पड़ती रहती है। इस दर्पण पर समय के साथ चढ़ गयी गर्द की परत पर राजनीति की नयी तस्वीरें उकेरी जाती रहती हैं। राजनीति में कोई सगा नहीं होता और न ही कोई स्थायी दुश्मन। सत्ता–सुख भोगने की ख़ातिर शेर और बकरी बेझिझक एक घाट पर आ जाते हैं। सत्ता के मद में फिर शेर बकरी को खा जाता है। फिर कोई नयी बकरी किसी दूसरे शेर के साथ उसी घाट पर आ जाती है। सत्ता का खेल एक–दूसरे को निगलने का खेल ही होता है। जिसकी आत्मा इस खेल में शामिल होने की इजाज़त न देती हो उसे राजनीति से दफ़ा होना पड़ता है।

बी के सामने मधुमिता जी सारी कहानी कहती जा रही थीं। मधुमिता जी ने बी को आगे बताया था–

'प्रकाश जी ने मेरे सामने विचित्र सा प्रस्ताव रखा था। उन्होंने कहा कि मैं जनतन्त्र पार्टी की ओर से विधानसभा का चुनाव लड़ूँ और पार्टी के लिए प्रचार करूँ। प्रकाश जी कह रहे थे कि उपासना दीदी के संरक्षण में मठ चल तो रहा है परन्तु अनुयायी आज भी बीर जी को ही मानते हैं। ज़िला स्तर के मठों में बीर जी की मूर्ति सामने रखकर अनुयायी बीर जी का ही गुणगान करते हैं। संगत कम नहीं हुई है बल्कि बढ़ती ही जा रही है। प्रकाश जी ने आगे बताया कि मेरे साथ अन्याय होने का एहसास संगत को है। संगत में गुस्सा है कि मुझे गिरफ़्तार करके यातनाएँ क्यों दी गयी थीं। संगत में मेरा सम्मान है और संगत चाहती है कि मैं ही मठ का कामकाज सँभालूँ।'

राजनीति के खेल निराले हैं। कल जिन्हें गुनहगार बनाकर बेइज़्ज़त किया था आज उन्हीं को गले लगाने की जुगत भिड़ाई जा रही है। उपासना दीदी विपक्ष की पसन्द थी। परन्तु वह दिल से अम्मा आशामई के साथ थी। इसीलिए उपासना दीदी को पुलिस ने हर क़दम पर बचाया था। जब अम्मा आशामई की शपथ हुई तो उपासना दीदी साथ बैठी थी। अब जब पता लगा कि उपासना दीदी पर मठ के अनुयायियों का विश्वास नहीं है तो मधुमिता जी जनतन्त्र पार्टी की पसन्द बन गयी हैं।

राजनीति की चाल के आगे मेरी गति कुछ भी नहीं है। काल का पहिया सदा आगे चलता है लेकिन राजनीति काल–चक्र को बार–बार अपनी सुविधानुसार विपरीत दिशा में भी चला देने की महारत रखती है। राजनीति का यही मूल–मन्त्र कि जो जैसा था सदैव वैसा ही बना रहे ताकि राजनीति की महिमा बनी रहे। मैं परिवर्तनवादी हूँ। परन्तु राजनीति स्थायित्व में अपनी पहचान ढूँढ़ा करती है। इसलिए जो राजनेता विकास की बात करता है वह राजनीतिक मन्तव्यों के विपरीत बोल रहा होता है। राजनीति में विकास का अर्थ होता है विचारधारा का विकास, समाज का नहीं। जो राजनेता विकास की ही बात करते हैं वे वास्तव में सामाजिक विकास की प्रक्रिया में विश्वास ही नहीं रखते हैं।

राजनीति स्वार्थों के टकराव की जद्दोजहद है। स्वार्थ कभी न पूरा होने वाली तृष्णा है। स्वार्थ किसी आदर्श का मोहताज भी नहीं होता। स्वार्थ का अपना धर्म होता है और अपनी गति। मैं आगे बढ़ता जाता हूँ परन्तु स्वार्थ गोल चक्कर की परिधि की मानिन्द होता है, अपने अहम् के केन्द्र बिन्दु के इर्द–गिर्द घूमता रहता है। राजनीति में इसलिए न कोई स्थायी दोस्त होता है और न कोई स्थायी दुश्मन। स्वार्थ के गोल चक्कर की परिधि में जो आ गया वह अपना होता है जो परिधि से बाहर छिटक गया वह विरोधी हो जाता है। यह खेल निरन्तर चलता रहता है।

एक बात और ध्यान रखना। राजनीति में स्वार्थ के आगे रिश्ते, नाते, दोस्ती, सद्भावना, दुश्मनी और सद्चरित्रता जैसे भावों की कोई अहमियत नहीं होती। राजनीति विश्वास पर नहीं अविश्वास के सहारे आगे बढ़ती है। मैंने देखा है किस प्रकार ख़ून के रिश्तों का क़त्ल करके राजनीतिक चरित्र अपना वजूद आगे बढ़ाते आये हैं। वस्तुतः रिश्तों की बलि के बिना राजनीतिक सफलता मिल ही नहीं सकती। राजनीति में अपने ही अपनों को मारते हैं। दुश्मन की मार से तो राजनीति निखरती है। कुरुक्षेत्र के मैदान में मैंने इसलिए रिश्तों के ख़ून की होली खिलवाई थी। भारत भूमि में राजनीतिक स्थायित्व का यही आधार था। इन्सानों ने इसे धर्मयुद्ध कहा था। मैंने इसे राजनीति के शुद्धिकरण और सभ्यता के विकास की संज्ञा दी थी। कुरुक्षेत्र की रणभूमि में मैंने यही सन्देश मानवता को दिया था कि राजनीति जन–कल्याण का हेतु होती है, रिश्ते निभाने के लिए नहीं। परन्तु सत्ता–लोलुप राजनीतिक व्यक्ति यही कहते हैं कि राजनीति में कुछ भी अधर्म नहीं होता। स्वार्थ–सिद्धि में जो सहायक हो वही धर्म है, वही राजनीतिक सन्मार्ग है।

इसके ठीक विपरीत आदर्श मनुष्य अपने जीवन में त्याग, श्रद्धा और मानवता को अब भी अधिमान देते हैं। यद्यपि ऐसे लोगों की संख्या बहुत कम है फिर भी पृथ्वी पर इसके उदाहरण देखने को मिल जाते हैं। गुरकादी बी अपने निजी जीवन और स्वार्थ को तिलांजली देकर, बेगुनाह होते हुए भी, मधुमिता जी के साथ जेल में सहर्ष चली गयी थीं ताकि मधुमिता जी को जेल में एक साथी मिल जाये।

बी की उत्सुकता बढ़ गयी थी कि मधुमिता जी ने प्रकाश जी के प्रस्ताव का क्या उत्तर दिया था।

'फेर की होया मेरे बीर जी दी प्यारी? क्या तुमने प्रकाश जी की बात मान ली।' बी ने पूछा था।

'प्रकाश जी की बात कैसे मान लेती बी? मैं क्या पत्थर की बनी हुई हूँ ? मेरे शरीर में भी एक दिल धड़कता है। भावनाओं और भावों की एक पवित्र मन्दाकिनी मेरे रग–रग में बहती है जो मेरी संजीवनी है। मैं कैसे भूल जाती कि सत्ता और स्वार्थ के खेल में बीर जी किस

तरह यातनाएँ भुगत रहे हैं? कैसे भूल जाती कि आस्था के मारे हज़ारों भूखे–प्यासे अनुयायियों को जेलों में ठूँसा गया था? कैसे भूल जाती उन मनुखों को जो रात–दिन जेल में भी 'वाहे मनुख जी, वाहे मनुख जी, तेरा ही सहारा' का जय–घोष करते रहे थे? मैं कैसे भूल जाती अपनी बी को, जिन्होंने अपना भरा–पूरा परिवार छोड़कर मेरे साथ स्वेच्छा से इसलिए जेल जाना स्वीकार कर लिया था कि कहीं मैं जेल में अकेली टूट न जाऊँ?'

यह कहते–कहते मधुमिता जी का गला रुँध गया था। बी के हाथों में अपना मुँह छिपा लिया था।

'इन्सान बुरा नहीं होता मेरे बीर जी दी प्यारी। इन्सान के कर्म माड़े होते हैं। इन्सान को सत्कर्म करते रहना चाहिए। उसे न तो भगवान बनने की कोशिश करनी चाहिए और न ही अपनों के वास्ते जीने की कसम खानी चाहिए। इस दुनिया में सब अपने हैं। पता नहीं कब, कौन, कितने बरस पहले अपना सगा था?'

बी ने मधुमिता जी को एक साथ विज्ञान, समाजशास्त्र और अध्यात्म का वह ज्ञान दे दिया था जिसे देने के लिए मुझे कुरुक्षेत्र के मैदान में भारत–भूमि को वीरों से विहीन होते देखना पड़ा था। मेरी समझ में आ गया था कि गृहस्थ से बड़ा कोई धर्म नहीं है। दुनियादारी निभाना सबसे बड़ा सत्कर्म है। भावनाओं की क़द्र करना सबसे बड़ा पुरुषार्थ है और रिश्तों का सम्मान करना सबसे बड़ा पुण्य।

बी ने मधुमिता जी को दिलासा दी थी–

'किसी बात का मलाल मत कर मेरे बीर जी की प्यारी। दुनिया में आने से पहले सब अपना भाग्य हाथ की रेखाओं में लिखवा कर लाते हैं। इन्सान कठपुतली की तरह इन लकीरों में लिखे गये किरदार को निभाता चला जाता है। कठपुतलियों की डोर किसी अदृश्य शक्ति के हाथ में होती है। पूर्व निर्धारित किरदार से हटकर यदि कोई कर्म करने की कोशिश करता है तो वह अदृश्य शक्ति डोरी खींचकर एक बार सचेत ज़रूर करती है। तुस्सी दिल छोटा ना करयो। होर बताओ आगे की होया।'

गुरकादी बी जल्दी से जानना चाहती थी कि मधुमिता जी जेल मन्त्री कैसे बन गयी थी?

'मैंने ज़िन्दगी के सारे रंग देखे हैं, बी। वे दिन भी जब सरकार के मन्त्री लाइन लगाकर बीर जी की झलक पाने को लालायित रहते थे। और फिर वे दिन भी जब सरकार का अदना–सा सन्तरी भी हवालात की सलाखों के पीछे हमारी नुमाइश लगाता था। इस सब के बीच मैंने एक ही सबक सीखा था कि दुनिया में यदि प्रीत करनी है तो पत्थरों से करो, ज़्यादातर इन्सान प्रीत के क़ाबिल ही नहीं होते। विश्वास करने लायक लोगों की संख्या अँगुलियों पर ही गिनी जा सकती है। पत्थर सदा भाव–शून्य होते हैं। जो उन्हें अपने पास रख लेता है उसी की धरोहर बन जाते हैं। उन पर हँसो तो वापस हँसते नज़र आ जाते हैं। गुस्सा करो तो चुप रहते हैं। कभी शिकायत नहीं करते। जहाँ रख दो वहीं ठहर जाते हैं। हमेशा साथ रहते हैं। जब चाहे फेंक दो, उफ्फ़ तक नहीं करते। इससे अच्छे साथी भला कहाँ मिलेंगे? मिशी कैसी है बी?' मधुमिता जी ने बी से पूछा था।

'तुम्हारे जाने के बाद मिशी गुमसुम रहने लगी थी। रोज़ बैरक खुलते ही तुम्हारी जगह पर आकर बैठ जाती थी। फिर वहीं लेट जाती थी। बैरक बन्द होने से कुछ देर पहले उठती थी। आधी रोटी खाकर, अँगड़ाई लेती हुई वापस चली जाती थी। मैं बहुत कोशिश करती थी कि उसके साथ खेलूँ। परन्तु खेल में उसकी दिलचस्पी ख़त्म हो गयी थी। जाने से पहले हर रोज़ मेरे पास ज़रूर आती थी। मैं उसका सिर सहला देती थी। फिर चली जाती थी, अगले दिन वापस आने के लिए। छह महीने तक ऐसे ही चला था। फिर एक दिन मीनू मैट्रन बैरक में आयी थी। यह घोषणा करके चली गयी थी कि मिशी मर गयी है। गुरकादी उसे बैरक के सामने गड्ढा खोद कर दबा दे। मिट्टी खोदने के लिए फावड़ा बैरक के बाहर रखा है। मैंने मिशी को आख़िरी बार सहलाया था। फिर तुम्हारी उसी चादर में लपेटकर उसे धरती माँ की गोद में सुला दिया था जो तुम मुझे वापस जाते समय देकर गयी थीं। उस दिन बैरक में किसी ने भी खाना नहीं खाया था।

मीनू मैट्रन के पास इसकी ख़बर पहुँच गयी थी। शाम को मीनू मैट्रन बैरक में आयी थी। उसने सबको धमकाया था कि जेल में भूख–हड़ताल करने की सज़ा जानती हो क्या होती है? जब मैंने उसे बताया कि मिशी के जाने से दुःखी होकर किसी का भी खाने का मन नहीं था तो ज़ोर से हँसी थी।'

'तू तो धर्मात्मा हो गयी है रे।' यह कहकर वापस चली गयी थी।

मैंने उसे कहा था कि धर्म की आत्मा तो सभी के अन्दर बसती है। कुछ नहीं बोली थी। सुनकर चली गयी थी।

मिशी की कहानी इन्सान और जानवर के बीच परस्पर प्यार और सम्मान के सहज रिश्ते की विचित्र दास्तान है। मधुमिता जी को बिल्ली से बहुत डर लगता था। जेल में बी और मधुमिता को जो बैरक मिली थी उसमें मिशी नाम की बिल्ली दिन में हर रोज़ आती थी और पेट भर रोटी खाकर वापस चली जाती थी। हर बन्दिनी अपने खाने में से पहला टुकड़ा मिशी के लिए निकालती थी और मिशी के आने पर उसके सामने डाल देती थी। जब तक बैरक खुली रहती मिशी वहीं आसपास घूमती रहती थी। मिशी के वहाँ रहने के कारण बैरक के चूहे भाग गये थे। जेल में चूहों की गश्त आम बात है। इधर–उधर पड़े रोटी के टुकड़े और बची हुई सूखी रोटियों के ढ़ेर चूहों के लिए मुफ़्त की दावत होते हैं।

रात के अँधेरे में मधुमिता अचानक सोते से उठ जाती थी और बी को उठाकर बिल्ली को दूर भगाने के लिए कहती थी। पर वहाँ बिल्ली होती ही नहीं थी। मिशी को बैरक बन्द करने से पहले बाहर निकाल दिया जाता था। सच्ची बात है, इन्सान का डर सोते हुए भी उसका पीछा नहीं छोड़ता।

एक दिन मिशी ग़लती से रात के समय बैरक में ही रह गयी थी। अँधेरे में उसने मधुमिता जी के बिस्तर पर छलाँग लगा दी थी। मधुमिता जी डर कर चिल्लाई थीं। गुरकादी बी ने मिशी को मधुमिता की गोद में बिठाकर जीवन का बहुमूल्य पाठ पढ़ाया था–

'डर को गले लगा लोगी तो डर दोस्त बन जायेगा। डर तभी तक डर बना रहता है जब तक इन्सान उससे डरता रहता है। डर को गले लगाना सीख मेरे बीर जी की प्यारी। जिसने डर को गले लगा लिया उसने जहान को जीत लिया।'

उस दिन के बाद मधुमिता ने मिशी को अपनी गोद में बिठाना शुरू कर दिया था। धीरे–धीरे दोनों में दोस्ती हो गयी थी। मिशी केवल मधुमिता का दिया हुआ कोर ही खाती थी। मधुमिता हर रोज़ मिशी के आने का इन्तज़ार करती रहती थी।

मधुमिता जी मिशी के ग़म में उदास हो गयी थी। चुप हो गयी थी। शायद मिशी को मौन श्रद्धांजली दे रही थी।

'कहाँ खो गयी मेरे बीर जी की प्यारी? जीव तो पैदा ही मरने के लिए होता है। मरने वाले का शोक़ करना उचित नहीं होता। केवल उनका शोक़ करो जो जीते जी मर जाते हैं। अपने स्वार्थ की ख़ातिर अपनी आत्मा बेच देते हैं और कभी प्रायश्चित्त भी नहीं करते। उनका शोक़ करो जो दूसरों को कष्ट देकर अपने लिए सुखों की बिसात बिछाने का सपना बुनते हैं। उनके लिए शोक़ करो जो पाप और पुण्य में अन्तर नहीं समझते।' बी ने मधुमिता जी को समझाया था।

'ठीक कहती हो बी। पर मेरे साथ ही ऐसा क्यूँ होता है कि मैं जिससे प्रीत लड़ाती हूँ कष्ट उसके मेहमान बन जाते हैं?' मधुमिता जी उदास लग रही थीं।

'यह समझ लो कि कोई किसी से प्रीत नहीं लड़ाता है। जिसे हम प्रीत कहते हैं वह उस जीव के प्रति हमारे पिछले जन्मों की श्रद्धा का उपादान होती है। जिसे हम दुश्मनी कहते हैं वह जीवों के पिछले जन्मों के कुकर्मों का परिणाम होती है। मनुष्य यूँ ही किसी से प्रीत और किसी से बैर नहीं रखता। मनुष्य का व्यवहार ऐसा होना चाहिए जिसमें न आसक्ति झलकती हो और न ही तिरस्कार। तिरस्कार की ज्वाला में सांसारिक रिश्ते यूँ जल जाया करते हैं जैसे दीपक की लौ पर पतंगा। तिरस्कार, अहंकार और स्वाभिमान मौसेरे भाई होते हैं। इन्होंने किसी को कभी भी सुखानुभूति नहीं होने दी है।' बी ने मधुमिता को समझाया था।

मधुमिता जी ने विषय बदल दिया था। अपनी आगे की कहानी फिर बतानी शुरू कर दी थी।

'मैंने प्रकाश जी के प्रस्ताव पर विचार करने के लिए वक़्त माँगा था। विचार–विमर्श करने के लिए बहन, भाई और भाभी ही तो बचे थे। मम्मी और पापा एक–एक करके चले गये थे। मैंने भैया और भाभी को प्रकाश जी के प्रस्ताव के बारे में बताया था। भैया और भाभी ने स्पष्ट उत्तर न देकर फ़ैसला मुझ पर छोड़ दिया था। इतना ज़रूर कहा था कि इन्सान को इन्सान की परख एक बार ही करनी चाहिए। जो एक बार किसी से धोखा खाकर बार–बार उसी पर विश्वास करे उसका भगवान भी भला नहीं कर सकते। भाभी ने इतना कहा था कि जो निश्चित को छोड़कर अनिश्चित की ओर दौड़ पड़ता है वह दोनों से हाथ धो बैठता है। मेरी समझ में आ गया था कि भैया और भाभी नहीं चाहते कि मैं प्रकाश जी के प्रस्ताव का सकारात्मक उत्तर दूँ। प्रकाश जी अगले हफ़्ते आने की बात कहकर चले गये थे।

मैंने प्रकाश जी के प्रस्ताव पर बहुत मन्थन किया था। प्रकाश जी के साथ मेरी मुलाक़ात की ख़बरें टी.वी. पर ब्रेकिंग न्यूज़ बन गयी थी। संगत में इस मुलाक़ात को लेकर चर्चा का दौर शुरू हो गया था। पुरानी प्रबन्धन कमेटी के सभी लोग तथा वर्तमान प्रबन्धन कमेटी के लगभग सभी सदस्य मुझसे मिलने आये थे। सबका एक ही मत था कि जिस राजनीति ने मठ को मिटाने की कोशिश की है उसी राजनीति का प्रयोग करके मठ को दोबारा स्थापित किया जाये। सब ने यही सलाह दी थी कि मठ की पुरानी प्रबन्धन कमेटी के सदस्य अपने–अपने प्रभाव क्षेत्र में तालमेल करें और राजनीति में हिस्सेदारी करें। सभी एकजुट थे कि बीर जी के साथ हुए अन्याय को उजागर किया जाये। इस बात पर भी सहमति थी कि किसी राजनीतिक पार्टी के साथ चुनाव से पहले समझौता न किया जाये। चुनाव के बाद जो भी परिस्थिति हो, मठ के हित में फ़ैसला कर लिया जाये।

अगले सप्ताह प्रकाश जी फिर आये थे। मैंने उन्हें अपने फ़ैसले से अवगत करा दिया था। उन्होंने अम्मा आशामई से टेलीफ़ोन पर मेरी बात कराई थी। अम्मा ने मेरे फ़ैसले पर सन्तोष व्यक्त करते हुए कहा था कि उन्हें ख़ुशी है कि मठ के अनुयायी विपक्ष के साथ नहीं जा रहे हैं। अम्मा ने चुनाव के बाद सहयोग का आश्वासन मुझसे चाहा था।'

मेरी गति देखिये और फिर इन्सान की कल्पना, फ़ितरत तथा उसके भाग्य की महिमा का अवलोकन करते रहिए। दो सप्ताह में एक मामूली–सी महिला, मधुमिता जी, एक राजनीतिक हस्ती बनकर सामने आ गयी थी जिससे मुख्यमन्त्री तक सहयोग माँग रहे थे। इसी का नाम राजनीति है। यही लोकतन्त्र की महिमा और तकाज़ा है।

आदि काल में जब देवता इन्द्र–लोक छोड़कर धरती की ओर प्रस्थान करने लगे तो महाराज इन्द्र ने महाराज भरत के ज़रिये लोकतन्त्र की स्थापना सबसे पहले भारत–भूमि पर की थी। ऐसा करना इसलिए ज़रूरी था कि सभी देवतागण आपस में सत्ता के लिए न लड़ें और बारी–बारी से, एक–दूसरे का सम्मान करते हुए, सत्ता सुख भोगते रहें। लोकतन्त्र इसके बाद विश्व के दूसरे भागों में भी शासन–प्रणाली के रूप में स्वीकार कर लिया गया था। महाराज भरत ने घोषणा की थी कि युवराज रानी के गर्भ से पैदा नहीं होगा बल्कि वह होगा जो योग्य होगा और जिसमें जन समुदाय का विश्वास होगा। लोकतन्त्र का यही तकाज़ा है। इसीलिए लोकतन्त्र दुनिया में सबसे कम विवादित और सफल शासन–प्रणाली के रूप में स्थापित हुआ है।

'विधानसभा का चुनाव हुआ था। जनतन्त्र पार्टी, सामाजिक न्याय पार्टी व लोकहित पार्टी सहित अनेक पार्टियों ने अपने उम्मीदवार चुनाव में खड़े किये थे। मठ की पुरानी प्रबन्धन समिति के आठ सदस्यों ने निर्दलीय उम्मीदवार के रूप में चुनाव लड़ा था और सभी जीत गये थे। मैं भी उनमें से एक थी। सारा चुनाव संगत ने लड़ा था। किसी भी पार्टी को बहुमत नहीं मिला था। किसी भी पार्टी की सरकार नहीं बन पायी थी। हम आठों नव–निर्वाचित विधायकों ने फ़ैसला किया था

कि हम उस दल की सरकार में शामिल होंगे जो हमारी शर्तें स्वीकार करेगा। यह फ़ैसला टी.वी. पर ख़ूब प्रचारित हुआ था।

अम्मा आशामई का सन्देश लेकर प्रकाश जी फिर मेरे पास आये थे। लेकिन इस बार मैंने उनसे अकेले में मिलने से मना कर दिया था। हम सभी आठों विधायक देवीनगर राजधानी में उनसे मिले थे। सामाजिक न्याय पार्टी, लोकहित पार्टी और कुछ अन्य दलों के नेता भी हमारे से मुलाक़ात करने आये थे। हमने सबकी बातें सुनी थीं। संगत भी लगातार हमें अपने विचारों से अवगत करा रही थी। सबका एक ही मत था कि सरकार में हिस्सेदारी करके मठ के साथ हुए अन्याय को ठीक करवाया जाये। इसी उद्देश्य से हम सभी आठों विधायक सबसे विचार–विमर्श करने के बाद आपस में मिले थे।

आठों विधायकों की यह आम राय बनी थी कि उसी पार्टी को समर्थन दिया जाये जो कमीशन बैठाकर बीर जी की सज़ा के बाद हुए दंगों की साज़िश का पर्दाफ़ाश करवाये, पुलिस की फायरिंग में मरे निर्दोष लोगों के परिवारों को मुआवज़ा दे, निर्दोष लोगों पर बने मुक़दमें समाप्त करे और निहत्थे लोगों पर गोलियाँ चलाने और झूठे मुक़दमे बनाने वाले पुलिस वालों पर कठोर कार्रवाई करे। टी.वी. पर चर्चा के दौरान हमने इस फ़ैसले को प्रचारित कर दिया था। अम्मा आशामई स्वयं हमसे मिलने आयी थीं। उन्होंने सभी शर्तों को मान लिया था। उन्होंने हमारे आठ में से चार विधायकों को मन्त्री बनाने की बात कही थी। संगत ने भी अख़बारों के माध्यम से उन्हीं शर्तों पर सरकार में शामिल होने की बात पर मोहर लगायी थी जो हम सभी विधायक चाहते थे। हमारे समर्थन से अम्मा आशामई फिर मुख्यमन्त्री बन गयी थी। मुझे जेल और महिला एवं बाल विकास मन्त्री बनाया गया था। मैं अब आपसे मिलने आयी हूँ बी। यही है मेरी कहानी।' मधुमिता ने एक ही झटके में बी के सामने सारे भेद उजागर कर दिये थे।

'और बीर जी का क्या हुआ?' बी ने चिन्ता जताते हुए पूछा था।

'बीर जी के बारे में किसी को ज़्यादा कुछ पता नहीं है बी। जेल गये हुए चौदह बरस होने को आये हैं। घरवालों को छोड़कर किसी और को उनसे मिलने की इजाज़त नहीं है। और घर वाले किसी को उनके बारे में कुछ नहीं बताते। मठ की प्रबन्धन कमेटी को उनसे मिलने नहीं दिया जाता। अख़बारों में पढ़ा था कि हाईकोर्ट से अपील ख़ारिज हो गयी थी। सुप्रीम कोर्ट में अपील करने से बीर जी ने मना कर दिया था। उन्हें किसी से टेलीफ़ोन पर बात करने की छूट नहीं है। पैरोल पर छुट्टी लेकर बाहर आने के लिए बीर जी ने अर्ज़ी देने से मना कर दिया था। इतनी–सी जानकारी भी अख़बारों से ही मिलती है। घर वालों को पुलिस की हिदायत है कि वे किसी से बीर जी के बारे में कोई बात नहीं करेंगे। यदि उन्होंने इस आदेश को तोड़ा तो उनकी मुलाक़ात भी बन्द करवा दी जायेगी।'

कभी लाखों के बीच रहने वाला व्यक्ति एकान्तवासी क्यों हो गया है? यह समझना ज़रूरी है? मनुष्य सामाजिक प्राणी है। समूह में रहना उसकी फ़ितरत है और ज़रूरत भी। फिर ऐसा क्या हुआ जो बीर जी ने दुनियादारी से अलग हटकर एकान्त में रहने का विकल्प चुन लिया था। इसके लिए काल–चक्र के उस भाग पर दृष्टिपात करना होगा जहाँ बीर जी जेल में सज़ा काट रहा है।

सुरक्षा कारणों से बीर जी को अलग सुरक्षा बैरक में रखा गया है। जेल के नियमों के अनुसार रहने और खाने की सारी व्यवस्था की गयी है। चारों प्रहर कड़ा सुरक्षा पहरा है। कुछ चुनिन्दा अधिकारियों को छोड़कर अन्य किसी को उससे मिलने की इजाज़त नहीं है। केवल परिवार के सदस्य ही मुलाक़ात कर सकते हैं। डॉक्टर जेल में ही आकर दवाई दे जाते हैं। जेल की दिनचर्या के सारे नियम उस पर लागू किये जा रहे हैं। खेलने और सब्ज़ी की क्यारियों में काम करने की छूट है। पढ़ने के लिए जेल के पुस्तकालय से किताब दे दी जाती हैं। दैनिक उपभोग की आवश्यक वस्तुओं को जेल की कैंटीन से ख़रीदने की छूट है। सोने के लिए ज़मीन का बिस्तर है। बात करने के लिए हवाओं का स्पन्दन है। भावनाओं की अभिव्यक्ति के लिए एकान्त है।

कभी–कभार बराबर में रह रहे अन्य कैदियों और जेल कर्मचारियों से बातचीत हो जाती है। इसी तरह बीर जी के चौदह बरस जेल में गुज़र गये हैं।

जेल में आने के बाद मठ की प्रबन्धन समिति से बीर जी का सम्पर्क टूट गया था। उसने प्रबन्धन समिति से सम्पर्क करने की कभी इच्छा भी व्यक्त नहीं की थी।

मैंने अनेक लोगों के जीवन–चक्र को बहुत नज़दीक से देखा है। एकान्तवास कई लोगों की मजबूरी होता है और कई की इच्छा का प्रतिफल। एकान्तवास में मनुष्य स्वयं और प्रकृति दोनों के समीप होता है। धीरे–धीरे वह प्रकृति में आत्मसात् होता चला जाता है। समय का अहसास भी उससे दूर चला जाता है। एकान्तवास जैसी कोई पीड़ा नहीं यदि उसे सज़ा स्वरूप थोपा जाये। एकान्तवास एक इबादत है यदि उसे स्वेच्छा से अंगीकार किया जाये। मैं साक्षी हूँ, बीर जी ने जेल का विकल्प और एकान्तवास स्वेच्छा से स्वीकार किया था। उच्चतम न्यायालय में अपनी सज़ा के विरुद्ध अपील भी नहीं की थी। उसने बाहरी दुनिया से नाता तोड़ लिया था। परिवार के सदस्यों से केवल इसीलिए मिलता है कि वह परिवार के भविष्य और अतीत के बीच अभी भी भौतिक रूप से विद्यमान है।

प्रकृति प्रत्येक जीव को वर्तमान बनाकर दुनिया में भेजती है। उसे विलक्षण शक्ति देती है जिससे वह भविष्य और भूत के बीच अपने गुणसूत्रों के माध्यम से कड़ी बन जाता है। गुणसूत्र जीव पर प्रकृति का ऋण है। गुणसूत्रों का दान करके जीव प्रकृति के ऋण से उऋण होता है और जीवन भर गुणसूत्र के अंकुरों की सुरक्षा का व्रत लेकर गृहस्थ–धर्म का पालन करता है। परिवार के सदस्यों से मिलकर बीर जी शायद प्रकृति के ऋण को ही चुकता कर रहा है।

'धन धन मनुख जी, धन धन संगत। धन धन मनुख, तेरा ही सहारा जी।' गुरकादी बी ने जयकारा लगाकर मधुमिता जी का हाथ अपने हाथों में ले लिया था।

चक्कर मुंशी ने लाउडस्पीकर पर मुलाक़ात के लिए बन्दियों के नाम पुकारने शुरू कर दिये थे। 'सतबीर रिसाले का', 'मोहन रामे का', 'जगबीर कश्मीरे का' 'जगताप तारे का'....एक के बाद एक बन्दी को उसके बाप के नाम के साथ जोड़कर पुकारते हुए चक्कर मुंशी ने घोषणा की थी कि आज की मुलाक़ात तीन से पाँच बजे के बीच होगी। चक्कर मुंशी की घोषणा समाप्त होने के बाद मधुमिता जी ने बी से पूछा था–

'जेल वालों ने बन्दियों को क्या फिर बाप के नाम के साथ पुकारना शुरू कर दिया है बी?'

'और क्या कर सकते हैं मुएँ? बन्दी, जो हर तरह से मोहताज़ हैं, उन पर हुकूमत चलाने की छूट जो मिली हुई है।'

मुझे याद है वह दिन जब डी.जी. जेल राजावत साहब जेल का निरीक्षण करने आये थे। मधुमिता एक बन्दिनी के रूप में बी के साथ महिला बैरक में बन्द थी। राजावत साहब महिला बैरक में भी आये थे। मीनू मैट्रन ने मधुमिता को हुक्म दिया था–'मधुमिता राम रक्खे की' और 'मीरा होशियारे की', दोनों, बन्दिनियों के बारे में डी.जी. साहब को बताएँगी। मधुमिता मीनू मैट्रन पर भड़क गयी थी–

'मैट्रन साहिबा, जुर्म मैंने किया होगा, मेरे बाप ने नहीं। आइन्दा बाप का नाम लेकर मत पुकारना।'

मीनू मैट्रन की शान में इतनी बड़ी गुस्ताख़ी आज तक किसी ने नहीं की थी। मीनू मैट्रन के सामने बन्दिनियों की ज़ुबान बन्द हो जाती थी। जेल में बन्दियों को केवल सुनने की आज़ादी है, बोलने की नहीं। मीनू मैट्रन मधुमिता के इस प्रकार के अचानक व्यवहार से सकपका गयी थी। अपमान का घूँट पीकर रह गयी थी क्योंकि सामने से राजावत साहब आ गये थे। उन्होंने बन्दिनियों को अपनी बात कहने के लिए कहा था। मीनू मैट्रन के निर्देशानुसार मधुमिता ने बन्दिनियों की समस्याएँ बतानी शुरू कर दी थीं–

'जब क़िस्मत ने दुत्कार दिया है तो अब जेल ही हमारा ठिकाना है साहब। हम सब बन्दिनियाँ आपस में एक परिवार की ही तरह रहती हैं।

मीनू मैट्रन जी हमारा बहुत ख़्याल रखती हैं। कोई दिक़्क़त नहीं है। कुछ छोटी–छोटी सी बातें हैं जो बताना चाहती हूँ। अगर कुछ समाधान हो जायेगा तो हमारा फेरा आसान हो जायेगा।'

इतना सुनते ही मीनू मैट्रन घबरा गयी थी। वह नहीं चाहती थी कि मधुमिता कोई ऐसी बात डी.जी. साहब को बताये जिससे जेल की किसी ग़लत हरकत के बारे में डी.जी. साहब को पता चले। मीनू मैट्रन डी.जी. साहब के पीछे खड़ी थी। आँखें तरेरते हुए मीनू ने मधुमिता को हाथ के इशारे से चुप रहने के लिए कहा था। मधुमिता चुप नहीं हुई थी। बोलती रही थी–

'बैरकों में घड़ी नहीं है, समय का पता ही नहीं चलता। रेल की सीटी सुनकर या धूप देखकर समय का अन्दाज़ा लगाना पड़ता है। दिन और तारीख़ जानने के लिए केलैंडर नहीं है। जेल में बन्दी प्रायः दिन और तारीख़ भूल जाते हैं। पुरुष क़ैदी प्रतिदिन अपने परिजनों से टेलीफ़ोन पर बात कर लेते हैं। महिला वार्ड में टेलीफ़ोन की सुविधा नहीं है। गर्मी में काम चल जाता है लेकिन सर्दियों में नहाने के लिए गरम पानी नहीं मिलता है। महीने के मुश्किल दिनों में सैनेटरी नैपकिन नहीं दिये जाते। इधर–उधर से कपड़े ढूँढ़कर काम चलाना पड़ता है। सुरक्षा कारणों से महिला बन्दिनियों को कैंटीन में नहीं जाने दिया जाता। रोज़मर्रा की छोटी–छोटी सी चीज़ें इस कारण से नहीं मिल पाती हैं। बैरक तक पहुँचते–पहुँचते खाना ठण्डा हो जाता है। बैरक में खाना गरम करने की सुविधा नहीं है। रात का खाना शाम को पाँच बजे दे दिया जाता है। पीने का पानी पखाने वाली टूँटी से भरकर लाना पड़ता है। बैरक में अख़बार नहीं मिलता है। रेड़ियो और टी.वी. की सुविधा नहीं है। घर वालों से मुलाक़ात करते समय जेल स्टाफ़ साथ खड़ा हो जाता है। अपनी बात घरवालों को खुलकर नहीं बता सकते। वकील से मुलाक़ात के समय भी जेल स्टाफ़ सब कुछ सुनता रहता है। मुलाक़ात के समय घरवालों द्वारा दिया गया सामान पूरा नहीं मिलता है। चैकिंग के बहाने सामान खोल लिया जाता है। कपड़े धोने के लिए महीने में एक साबुन की टिकिया मिलती है, जिससे काम नहीं चलता।

चौबीस घण्टे में से केवल छह घण्टे बैरक से बाहर निकाला जाता है। समय काटने के लिए कोई काम उपलब्ध नहीं है। किताबें लाने के लिए पुस्तकालय जाने की मनाही है। बहुत–सी ऐसी बन्दिनियाँ हैं जिनके घरवालों ने उन्हें छोड़ दिया है। उनकी कोई मुलाक़ात नहीं आती। हफ़्ते में एक बार महिला डॉक्टर आती है। उसके पास पूरी दवाइयाँ नहीं होती। स्त्री–रोगों का उपचार पाने के लिए एक हफ़्ते तक इन्तज़ार करना पड़ता है।'

मधुमिता बोलती ही जा रही थी। राजावत साहब के पीछे खड़ी मीनू बार–बार दाँत पीस रही थी और होंठों पर अँगुली रखकर मधुमिता को चुप होने का इशारा कर रही थी। मधुमिता मीनू की ओर देख ही नहीं रही थी और अपनी बात कहती जा रही थी।

'कई बार सज़ा के तौर पर अकेले बैरक में बन्द कर दिया जाता है। अँधेरे में डर लगता है। रात भर नींद नहीं आती। बच्चों को भी केवल छह घण्टे बैरक से बाहर निकाला जाता है। उन्हें सींखचों के पीछे रखना ठीक नहीं है। पुरुष और महिला क़ैदियों को एक ही बस में बैठाकर अदालत में पेशी पर ले जाया जाता है। पुरुष पुलिस कर्मी और क़ैदी बस में अश्लील हरकत करने से बाज नहीं आते हैं। अदालतों में महिला बन्दियों के बैठने के लिए सुरक्षित स्थान नहीं है। महिला बन्दिनियाँ अदालत में सरेआम तमाशा बन जाती हैं।'

राजावत साहब सारी बातों को ग़ौर से सुन रहे थे। उनका सहायक मनीष सारी बातें लिखता जा रहा था।

'ज़मीन पर लेटना पड़ता है। नीचे बिछाने के लिए एक पतला–सा कम्बल दिया जाता है। ओढ़ने के लिए भी एक कम्बल दिया जाता है। कम्बल जब से आये हैं धोये नहीं गये हैं। उनमें से बदबू आती है। गर्मियों में कम्बल ओढ़कर सोया नहीं जाता। सिर पर ओढ़ने के लिए चुन्नियाँ रखने की अनुमति नहीं है कि कहीं उनका फन्दा बनाकर कोई फाँसी न ले ले। रात भर मच्छर काटते हैं और दिन में मक्खियां खाना तक नहीं खाने देतीं। सारी जेल का गन्दा पानी महिला बैरक के पास ही जमा होता है।'

इतने में जेल सुपरिंटेंडेंट गुस्सा हो गये थे। उन्हें लगा कि मधुमिता उनकी शिकायत कर रही है।

'ज़ुबान पर लगाम लगा 'मधुमिता राम रक्खे की'। यहाँ बारात में नहीं आयी है। जेल काटने आयी है। जेल के नियम–क़ायदे के अनुसार ही रहना पड़ेगा।' जेल सुपरिंटेंडेंट ने मधुमिता को धमकाने की कोशिश की थी।

इससे पहले मैंने कभी किसी बन्दी को जेल प्रशासन के विरुद्ध इस तरह अपनी बात रखते हुए नहीं देखा था। यह भी पहला अवसर ही था कि कोई डी.जी. जेल बन्दियों की गुहार इतना ध्यान लगाकर सुन रहा था।

'उसे बोलने दो सुपरिंटेंडेंट साहब।' राजावत साहब ने जेल सुपरिंटेंडेंट को ताक़ीद की थी।

'हर इन्सान को एक कन्धा चाहिए जिस पर सिर रखकर वह बेचारगी के दो आँसू बहा सके। बन्दिनियाँ तनाव और डिप्रेशन की शिकार हैं। उन्हें समझाने–बुझाने के लिए कोई मनोवैज्ञानिक उपलब्ध नहीं है। जब भी कोई अधिकारी जेल का निरीक्षण करने आता है सारी बन्दिनियों को हिस्ट्री टिकट छाती के सामने रखकर लाइन में घण्टों पहले खड़ा कर दिया जाता है। यह अमानवीय है। इस प्रकार की नुमाइश व्यक्ति की गरिमा के विरुद्ध है। बार–बार यह एहसास कराया जाता है कि हम बन्दी हैं। कई अधिकारी किसी–न–किसी बहाने दफ़्तर में बुलाकर व्यक्तिगत बात करने की फिराक में रहते हैं। महिला बैरक इतनी तंग है कि घूमने–फिरने की कोई जगह नहीं है। बैरक में व्यायाम करने की व्यवस्था नहीं है। कुछ बन्दिनियाँ बीड़ी पीती हैं, इससे बीड़ी न पीने वालियों को परेशानी होती है। सर्दियों में धूप में बैठने को तरस जाते हैं। गर्मियों में ठण्डा पानी नहीं मिलता। कोई सारा दिन कैसे ज़मीन पर बैठा या लेटा रह सकता है? बैठने के लिए कुर्सी उपलब्ध नहीं है। अगर कोई बोलता है तो उसे चक्कियों*

---

*चक्की– जेल की उस बैरक को कहते हैं जहाँ क़ैदी अकेला बन्द कर दिया जाता है। उससे कोई नहीं मिलता। चौबीस घण्टे क़ैदी एक छोटी–सी सैल में बन्द रहता है। ऐसा यातना देने के लिए किया जाता है।

में बन्द कर दिया जाता है। बन्दियों के नाम के साथ उनके बाप का आधा–अधूरा नाम लेकर पुकारा जाता है। इससे आगे और कुछ नहीं कह सकती साहब। यहाँ की समस्याएँ वही जान सकता है जो यहाँ रहा हो।'

मधुमिता ठीक कह रही थी। रिश्तों की अहमियत और आज़ादी का मूल्य बन्दी से बेहतर कोई और नहीं बता सकता। मधुमिता ने राजावत साहब के सामने बन्दी–जीवन की किताब का हर पन्ना पढ़ दिया था।

राजावत साहब यह कहकर वापस चले गये थे कि उन्होंने एक–एक बात नोट कर ली है। एक महीने में सारी व्यवस्था ठीक हो जायेगी। एक महीने बाद वह ख़ुद दोबारा आकर सारी व्यवस्था देखेंगे।

राजावत साहब के चले जाने के बाद जेल सुपरिंटेंडेंट के कमरे में जेल स्टाफ़ की मीटिंग हुई थी। सबकी एक राय थी कि महिला बैरक में आज जो कुछ हुआ वह अच्छा नहीं हुआ। मीनू मैट्रन तैश में आकर बोली थी–

'गूँगों को ज़ुबान लग गयी है साहब। गूँगे जब बोलने लग जाते हैं तो समझो अनहोनी होने वाली है। यह मेरी कमी है कि आज यह सब कुछ हुआ। इसे ठीक भी मैं ही करूँगी।'

जेल सुपरिंटेंडेंट ने यह कहकर मीटिंग ख़त्म की थी–'जेल की हवा बाहर जानी शुरू हो गयी है। यह किसी के भी लिए अच्छा नहीं है। क़ैदी को सात तालों के अन्दर इसीलिए रखा जाता है कि उसे लगने वाली हवा भी बाहर न निकले। जेल का निज़ाम तभी बरकरार रह सकता है जब क़ैदियों की ज़ुबान पर भी ताला लगा रहे। बाक़ी तुम जानो।'

मीनू मैट्रन तमतमाती हुई महिला बैरक में पहुँच गयी थी। उसके साथ पाँच–छह अन्य महिला वार्डन भी थीं। मीनू मैट्रन सीधी मधुमिता की बैरक में गयी थी। मधुमिता को बालों से पकड़कर मीनू मैट्रन अपने कमरे में ले जाने लगी थी। गुरकादी को छोड़कर किसी ने विरोध नहीं किया था। गुरकादी ने मीनू मैट्रन को धक्का देकर मधुमिता के बाल छुड़वा दिये थे। मीनू को सावधान करते हुए कहा था–

'हाथ काट दूँगी तेरे जो दोबारा बालों पर हाथ लगाया। जो तेरी ड्यूटी है उसे कर। हिटलर बनने की कोशिश मत कर। समय सबका आता है।'

मीनू ने मधुमिता के बाल छोड़ दिये थे। उसने मधुमिता को अपने पीछे–पीछे आने को कहा था। मीनू मैट्रन के कमरे में जाते ही सभी महिला वार्डन मधुमिता पर टूट पड़ी थीं। लात–घूँसे चलाकर मधुमिता को अधमरा कर दिया था। मीनू मैट्रन ने जब मधुमिता के बाल पकड़ने की कोशिश की तो मधुमिता ने मीनू का हाथ पकड़ लिया था। मीनू फिर सावधान हो गयी थी। मीनू मैट्रन गुर्रायी थी–

'तेरी हिमाकत की आज इतनी ही सज़ा काफ़ी है। बहुत जुबान चलने लगी है तेरी। इस पर लगाम लगा नहीं तो भूखे क़ैदियों से इतना ... कि तेरी रूह भी काँप उठेगी। तुझे क्या लगता है कि डी.जी. साहब दोबारा तेरी सुनने के लिए यहाँ आयेंगे? मुख्यालय के बड़े अफ़सर जेल के दौरे पर तफ़रीह करने के लिए आते हैं। हर साल–छह महीने में बदल जाते हैं। जेल की परमानेंट अफ़सर मीनू मैट्रन है। यहाँ मीनू का ही राज था, और आगे भी रहेगा। देखती हूँ तेरा डी.जी. तेरे लिए क्या–क्या भेजेगा। और उस गुरकादी को भी बता देना। खलड़ी में भूसा भरवा दूँगी। ले जा इसे राम दुलारी। डाल दे चक्की में।'

मधुमिता को चक्की में डाल दिया गया था। चक्की से बाहर निकलने नहीं दिया जाता था। सुबह–शाम खाना दे दिया जाता था। कोठरी पर चौबीस घण्टे बाहर ताला लगा रहता था।

राजावत साहब ने मधुमिता द्वारा उठाई गयी समस्याओं का समाधान करते हुए आदेश जारी कर दिये थे। एक महीने बाद राजावत साहब ने फिर जेल के निरीक्षण की तारीख़ दे दी थी। चक्कर मुंशी ने राजावत साहब के एक–एक आदेश को लाउडस्पीकर पर पढ़कर सुनाया था। आदेशों पर अमल हुआ था। महिला बैरक में सारी सुविधाएं मिलने लगी थीं। बन्दिनियों ने मधुमिता के साहस की सराहना की थी। लेकिन ख़ुद मधुमिता चक्की में एकान्त भोग रही थी। एक महीने बाद मीनू मैट्रन मधुमिता को चक्की से बाहर निकालने के लिए गयी थी।

मधुमिता ने बाहर आने से मना कर दिया था। उधर राजावत साहब का दौरा आ गया था। मीनू बेचैन थी कि राजावत साहब मधुमिता के बारे में ज़रूर पूछेंगे। मीनू मैट्रन गुरकादी के पास आयी थी।

'उसे समझा ले गुरकादी। आज शाम तक या तो चक्की से वापस बैरक में आ जायेगी नहीं तो वो गत बनाऊँगी कि पुरखे भी याद रखेंगे।'

गुरकादी सुलझी हुई व्यावहारिक महिला थी। उसने मीनू को सधा हुआ जवाब दिया था।

'धमकी न दे मैट्रन साहिबा। यदि इन्सान ठान ले तो जुल्म और इन्तहा उसे झुका नहीं सकते। मधुमिता जो चाहती थी वह सब कुछ आपने करवा दिया है। आपका धन्यवाद। चक्की की चाबी मुझे दे दो। मैं मधुमिता को वापस अपनी बैरक में ले आऊँगी। आपको राजावत साहब के सामने रुसवाँ नहीं होने दूँगी। पर एक शर्त है। बन्दिनियों के साथ अदब से पेश आना शुरू कर दो।'

'अदब और मीनू मैट्रन।' यह कहकर मीनू बहुत ज़ोर से हँसी थी। उसने चक्की की चाबी गुरकादी के पास फेंक दी थी। गुरकादी मधुमिता को चक्की से निकालकर अपनी बैरक में ले आयी थी। उसे व्यावहारिकता का पाठ पढ़ाया था–

'इन्सान की ज़िद के पीछे एक मक़सद होता है। तेरा मक़सद पूरा हो गया है। देख, महिला बैरक में वे सारी सुविधाएँ मिलने लगी हैं जिनका ज़िक्र तूने डी.जी. साहब के सामने किया था। कल डी.जी. साहब फिर आ रहे हैं। उनसे मिलकर उनका धन्यवाद करना तो बनता है।'

राजावत साहब एक महीने बाद फिर जेल के निरीक्षण पर आये थे। महिला बैरक में भी गये थे। ख़ुश हुए थे क्योंकि महिला बैरक में सारी सुविधाएँ उपलब्ध करा दी गयी थीं। एक महीने तक सब कुछ ठीक चला था। फिर एक दिन मीनू मैट्रन बैरक में पधारी थी। बड़े ज़ोर–ज़ोर से हँस रही थी। सारी बन्दिनियों को इकट्ठा कर लिया था। फ़रमान देना शुरू कर दिया था–

'ग़ौर से सुनो, सब सुनो। डी.जी. जेल राजावत साहब का तबादला हो गया है। मैंने कहा था न। बड़े अधिकारी साल–छह महीने के लिए जेल विभाग में तफ़रीह के लिए आते हैं। यहाँ की परमानेंट अफ़सर तो मीनू मैट्रन ही है। कल से फिर पहले वाले ढर्रे पर आ जाओ। सुपरिंटेंडेंट साहब का हुक्म है कि एक महीने पहले दी गयी सारी सुविधाएँ वापस ले ली गयी हैं।' राम दुलारी वार्डन को आदेश देकर मीनू मैट्रन हँसती हुई वापस चली गयी थी।

ऐसा पहली बार नहीं हुआ था। न्याय का पहिया जेल की ड्योढ़ी पर आते ही पता नहीं क्यों रुक जाता है? जेल का निज़ाम अपने तरीक़े से ही चलता है। उसमें बदलाव की बहुत गुंजाइश है लेकिन बदलाव करने वाला ख़ुद जेल से बदल दिया जाता है। जेल उन बेज़ुबानों की बस्ती है जिनके पैरोकार सलामत नहीं रहते। जेल की हवा जेल में ही रहती है। कोई जेल नहीं जाना चाहता और जो जेल से वापस आता है, आते ही बेज़ुबान हो जाता है। शायद सोचता है कि जो उसने जेल में झेला है दूसरे भी वह सब झेलें। जेल सुधार किसी की वरीयता में स्थान नहीं पाते हैं।

राजावत साहब के बदल जाने के दो दिन बाद मधुमिता की रिहाई के आदेश आ गये थे। मधुमिता जेल से चली गयी थी। गुरकादी बी जेल में अकेली रह गयी थी।

उधर जेल सुपरिंटेंडेंट के कमरे में गुरकादी बी और मधुमिता जी का वार्तालाप अभी भी चल रहा था।

'तुम्हारे जेल से चले जाने के बाद महिला बैरक में सब कुछ पहले जैसा हो गया था। सारी सुविधाएँ वापस ले ली गयी थीं। बन्दियों को फिर उनके बाप के नाम के साथ पुकारना शुरू हो गया था। जेल में कुछ नहीं बदलता है और न ही कुछ बदलेगा। अच्छी–ख़ासी जीवन्त ज़िन्दगियाँ यहाँ आकर पथरा जाती हैं। तुम एक अकेली अपवाद थीं जो जेल में आख़िरी दिन तक उतनी ही चुलबुली बनी रही थीं जितनी बचपन में रही होंगी। मेरे बीर जी की प्यारी, तुझे किसी की नज़र न लगे।' बी, मधुमिता जी को निहार रही थी।

थोड़ी देर तक वातावरण में नीरवता पसर गयी थी। न बी बोल रही थी और न ही मधुमिता जी। मधुमिता जी ने ही चुप्पी तोड़ी थी–

'बी, अगर आप मना न करो तो एक बात कहूँ। आप मेरे साथ देवीनगर चलो। आपका शरीर अब जेल की आबोहवा में रहने लायक नहीं बचा है। मैं भी अकेली रह गयी हूँ। माँ–बाप के चले जाने के बाद कोई सहारा देने वाला नहीं बचा है। भैया–भाभी की इच्छा के विरुद्ध चुनाव लड़ा था। उन्होंने नाराज़ होकर उसी दिन सम्पर्क तोड़ लिया था जिस दिन मैंने उम्मीदवारी का पर्चा भरा था। मेरे जीतने पर बधाई देने भी नहीं आये थे। इतने बड़े घर में अकेले रहना बहुत मुश्किल है। दिन तो दफ़्तर में निकल जाता है, पर रात कचोटती है। मैं आपको यहाँ से आज लेकर ही जाऊँगी।' मधुमिता जी भावुक हो गयी थीं।

गुरकादी ने दुनिया देखी थी। उन्हें पता था भावनाओं में बहकर लिए गये फ़ैसले सदैव व्यावहारिक नहीं होते। भावनाओं की उत्पत्ति नकारात्मक अनुभवों के ज्वार की विनाशकारी ऊर्जा का प्रतिफल होती है जबकि मनुष्य–जीवन सकारात्मक ऊर्जा का पुंज होता है। जीवन की ऊर्जा भावनाओं के उफान को बहुत जल्दी शान्त कर देती है। गुरकादी ने मधुमिता जी के प्रस्ताव को एकदम नहीं नकारा था। बस इतना कहा था–

'मेरी काया को कुछ नहीं हुआ मेरे बीर जी दी प्यारी। जेल की सूखी–ठण्ड़ी रोटियाँ खाकर शरीर और मज़बूत हो गया है। मैं तुम्हारी भावनाओं को समझ सकती हूँ। मुझे सोचने के लिए थोड़ा समय दो।' गुरकादी बी के सामने गुज़रे हुए दिन चलचित्र की तरह सामने आने शुरू हो गये थे।

गुरकादी बी के दोनों बच्चे जिस दिन विदेश में पढ़ाई करने गये थे उसके दार जी बच्चों को दिल्ली हवाई अड्डे पर छोड़ने गये थे। दोनों बच्चे गुरकादी को वायदा करके गये थे कि पढ़ाई पूरी होने के बाद वहीं नौकरी करेंगे और गुरकादी को भी वहीं बुला लेंगे। दार जी ने दोनों बच्चों की पढ़ाई का ख़र्चा ज़मीन का एक टुकड़ा बेचकर उठाया था।

पढ़ाई पूरी होने के बाद दोनों बच्चों ने अमेरिका में नौकरी ढूँढ़ ली थी। वहीं बस गये थे। जब दोनों पढ़ रहे थे, साल में एक बार वतन आकर गुरकादी को मिल जाते थे। नौकरी लगने के बाद उन्होंने वतन आना बन्द कर दिया था। कभी–कभार कम्प्यूटर पर बात कर लेते थे। दार जी ने बच्चों से बात करने के लिए गुरकादी को कम्प्यूटर ख़रीद कर दे दिया था और उसे चलाना भी सिखा दिया था।

कुछ बरसों तक बच्चे गुरकादी से बात करते रहे थे। धीरे–धीरे बच्चों के साथ बात करने का सिलसिला टूटने लगा था। दोनों ने वहीं शादी कर ली थी। उन्हीं दिनों गुरकादी को पुलिस ने गिरफ़्तार कर लिया था। दार जी ने बच्चों को गुरकादी की गिरफ़्तारी के बारे में बताया था। बच्चों ने शर्मिन्दगी महसूस करते हुए दार जी से भी बात करना बन्द कर दिया था। जब आख़िरी बार दार जी से उनकी बात हुई तो उन्होंने दार जी को बताया था कि वह दो पोतों के दादा बन गये हैं। दार जी ने जेल में मुलाक़ात के समय गुरकादी को उसके दादी बनने की ख़ुशख़बरी दी थी। गुरकादी ने कुछ नहीं कहा था। कुछ महीनों बाद दार जी दुनिया से चले गये थे। आज बारह बरस हो गये हैं। बच्चों में से एक भी गुरकादी की सुध लेने नहीं आया था। गुरकादी ने भी सब्र कर लिया था। जेल में रहते हुए गुरकादी को रिश्तों की असलियत का पता चल गया था। अधिकतर बन्दिनियों के साथ ऐसा ही होता है। जेल में बन्दिनियाँ ही एक–दूसरे की सब कुछ होती हैं। गुरकादी जेल से बाहर दोबारा रिश्तों के जाल में बँधने से घबरा रही थी। शायद इसीलिए उसने मधुमिता जी के साथ जाने का फ़ैसला करने से पहले कुछ वक़्त माँगा था।

रिश्ते जब बनते हैं बहुत अच्छे लगते हैं। पर रिश्तों को निभाना बहुत मुश्किल होता है। रिश्तों की सलामती और सार्थकता के वास्ते उनमें कुछ दूरी बने रहना ज़रूरी होता है। नज़दीकियाँ रिश्तों की सौतन होती हैं। स्वार्थ रिश्तों का महत्त्वपूर्ण पोषक तत्त्व होता है। बिना स्वार्थ पर आधारित रिश्ते ताउम्र चलते हैं। स्वार्थ की नींव पर टिके रिश्ते स्वार्थपूर्ति के बाद रेत की दीवार की तरह ढह जाते हैं।

गुरकादी बी स्वार्थ से बहुत ऊपर उठ चुकी थी। सरकारी रोटी और कपड़े पर जीना उसकी नियति बन गयी थी। उसे न किसी से कुछ लेना था और न ही कुछ देना। उसके लिए रिश्तों की कोई अहमियत नहीं रह गयी थी। इन्सान है, इसलिए कुछ भावनाएँ ज़रूर होती हैं लेकिन उसकी भावनाओं में केवल मानवता का तकाज़ा होता है, दुनियादारी लेशमात्र भी नहीं।

मैं समझ गया था बी ने मधुमिता जी के प्रस्ताव पर एकदम प्रतिक्रिया क्यों नहीं दी थी। बी को जेल का एकान्तवास और रिश्तों से मुक्त जीवन रास आ रहा था।

'ठक–ठक, ठक–ठक, क्या मैं अन्दर आ सकता हूँ?' जेल सुपरिंटेंडेंट ने दरवाज़े पर दस्तक देकर मधुमिता जी से पूछा था।

'आ जाओ।' मधुमिता जी ने कहा था।

'मैडम जी, एक विदशी महिला और दो छोटे बच्चे आये हैं। कह रहे हैं अमेरिका से आये हैं। गुरकीरत कौर से मिलना है। गुरकादी बी का नाम रिकार्ड में गुरकीरत कौर है। वैसे किसी अजनबी को बन्दियों से मुलाक़ात करने की इजाज़त नहीं है। क्या हुक्म है?' सुपरिंटेंडेंट ने पूछा था।

जेल सुपरिंटेंडेंट का पूछना वाज़िब था। जेल नियमों के अनुसार किसी बन्दी से वही मिल सकता है जिसका नाम बन्दी ने जेल प्रशासन को अधिसूचित किया हो। मुलाक़ात के लिए मुलाक़ात कक्ष बनाये गये हैं। मुलाक़ात कक्ष में बन्दी और उसके मुलाक़ाती के बीच लोहे की जाली लगी होती है। इस जाली के कारण बन्दी और उसके मुलाक़ाती दोनों को सींखचों के पीछे बन्द होने का एहसास निरन्तर होता रहता है।

'उन्हें यहीं कमरे में ले आओ।' मधुमिता जी ने आदेश दिया था।

'मैडम जी, अगर बुरा न मानो तो एक बात कहूँ। मुलाक़ातियों की मुलाक़ात मुलाक़ात कक्ष में ही करने का नियम है।' सुपरिंटेंडेंट ने बताया था।

'जानती हूँ सुपरिंटेंडेंट साहब। इसी जेल में मैं भी रहकर गयी हूँ। और यह भी जानती हूँ कि उस समय के डी.जी. जेल ने एक

बन्दी महिला अधिकारी को अपने बच्चों से इसी दफ़्तर में मिलने की इजाज़त दे रखी थी, मुलाक़ात कक्ष में नहीं। बच्चों के प्रति कुछ तो संवेदनशील बनिये सुपरिंटेंडेंट साहब। सोचिए ! बच्चों पर मुलाक़ात कक्ष के सींखचों का क्या प्रभाव पड़ता होगा? आप उन बच्चों और महिला को यहीं लेकर आइए।' मधुमिता जी से आज्ञा लेकर सुपरिंटेंडेंट दोनों बच्चों और उस विदेशी महिला को लेकर आ गया था।

महिला अंग्रेज़ी बोल रही थी। उसे हिन्दी नहीं आती थी। गुरकादी बी और मधुमिता जी को भी इतनी अंग्रेज़ी नहीं आती थी कि विदेशी महिला की अंग्रेज़ी को ठीक से समझ सकें। सुपरिंटेंडेंट साहब को दुभाषिया बनना पड़ा था। महिला कह रही थी–

'मेरा नाम एम्मा है। मैं अमेरिकी नागरिक हूँ। मेरे पति का नाम बलजिन्दर सिंह है। वे आसफनगर के रहने वाले थे लेकिन अब अमेरिकी नागरिक है। उनकी मदर गुरकीरत कौर इस जेल में बन्द है। मैं अपने बच्चों को ताजमहल दिखाने इंडिया आयी थी। लेकिन हमें बलजिन्दर की मदर से मिलना भी ज़रूरी था। इन बच्चों को अपने ग्रांड पेरेंट्स के बारे में लिखने का होमवर्क मिला है। इन बच्चों को अपने ग्रांड पेरेंट्स के बारे में बलजिन्दर ने कुछ बताया था। लेकिन बच्चों की ज़िद थी कि अपने ग्रांड पेरेंट्स से एक बार ज़रूर मिलेंगे। हम पहले बलजिन्दर के गाँव गये थे। वहाँ से पता चला कि ग्रांड फादर की डैथ हो गयी है और ग्रांड मदर जेल में है। ग्रांड मदर को ढूँढ़ते–ढूँढ़ते हम यहाँ तक पहुँचे हैं। आप हमें उनसे मिलवा दीजिए।'

गुरकादी बी सब कुछ सुन रही थी। एकदम उठकर दोनों बच्चों को बाँहों में भर लिया था। 'मैं ही हूँ तुम्हारी ग्रांड मदर'।

बी की आँखें नम हो गयी थीं। दोनों बच्चों के सिर पर बहुत देर तक हाथ फेरती रही थी। बच्चे बी से लिपट गये थे। एम्मा की आँखें भर आयी थीं।

बलजिन्दर ने एम्मा और बच्चों को गुरकादी और दार जी के बारे में काफ़ी कुछ बताया था। बच्चों को विश्वास नहीं हुआ था कि हिन्दुस्तान

में माँ–बाप अपने बच्चों के लिए कुछ भी करने को तैयार रहते हैं। यहाँ तक कि अपनी घर–सम्पत्ति बेचकर बच्चों को विदेश में पढ़ाने का ख़र्चा उठाते हैं। तीन–तीन पीढ़ी एक ही छत के नीचे रहती हैं। बच्चों ने ज़िद की थी कि वे स्वयं हिन्दुस्तान जाकर सब कुछ देखना चाहते हैं। एम्मा भी भारतीय संस्कृति के बारे में जानने को उत्सुक थी।

बच्चों से मिलकर बी की आँखों में अजीब सी चमक और चेहरे पर आशा की सौम्यता वापस लौट आयी थी। दोनों बच्चों को अपने पहलू में बैठा लिया था। एम्मा का हाथ पकड़कर अपने नज़दीक आने को कहा था। पेशानी चूम कर बलैया ली थी। फिर बिलख पड़ी थी।

'ओ मेरे दार जी, तुस्सी कित्थे चले गये हो जी।'

थोड़ी देर में सँभल कर बी ने मधुमिता जी से कहा था–

'मेरी क़िस्मत देख मेरे बीर जी दी प्यारी। आज इन बच्चों और बहू से मिली भी तो किस हाल में? इनके हाथ पर रखने के लिए एक पैसा भी मेरे पास नहीं है। जब मैं जेल में आयी थी तो मेरे पास दार जी का दिया हुआ मंगलसूत्र था। हाथ में दो अँगूठियाँ भी थी। सारे गहने जेल वालों ने उतरवाकर जमा कर लिए थे। अगर मुझे मेरे गहने वापस मिल जाते तो उन्हें इन बच्चों को देकर अपना फ़र्ज़ पूरा कर देती।'

मधुमिता जी समझ गयी थीं कि बी क्या चाहती है? उन्होंने जेल सुपरिंटेंडेंट को बुलवाकर बी के गहने वापस देने को कहा था। नियमों का हवाला देकर जेल सुपरिंटेंडेंट ने कहा था कि गहने तभी वापस मिल सकते हैं जब क़ैदी जेल से रिहा होकर जाता है। बी तुरन्त बोली थी–

'कोई बात नहीं बड़े साहब। मुझे आज रिहा कर दो पर मेरे गहने वापस कर दो।'

'रिहा तो आज से पाँच बरस पहले कर देता गुरकादी, पर ज़मानत कौन देगा?' सुपरिंटेंडेंट ने कहा था।

'ज़मानत मैं दूँगी सुपरिंटेंडेंट साहब। बी को रिहा करो और इनके गहने अभी वापस करो।' मधुमिता जी ने आदेश दिया था।

मुझे आश्चर्य नहीं हुआ था। ख़ून से ख़ून जब मिलता है तो सारी ज़िद, बैर और दुश्मनी आँसुओं के साथ बह जाती है। इन्सान में फिर से जीने की ललक जाग उठती है। अपने ख़ून के साथ मिलने का सुकून स्वर्ग के सुख की मानिन्द होता है। बी भी उसी अनुभूति से गुज़र रही थी। उसका अतीत भविष्य से जो मिल रहा था।

जेल सुपरिंटेंडेंट ने बी के गहने वापस कर दिये थे। मंगलसूत्र बी ने एम्मा के गले में बाँध दिया था। दोनों बच्चों को एक–एक अगूँठी दे दी थी।

'हाऊ स्वीट। मोम, डैड वाज राइट। इंडियन पैरेंट्स आर ग्रेट।' बड़े बच्चे ने कहा था।

बी की जेल से रिहाई हो गयी थी। मधुमिता जी ने बी को अपने साथ ले जाने की फिर पेशकश की थी। बी ने जवाब दिया था।

'शाह जी का नूर तुझमें बसा है मेरे बीर जी की प्यारी। तेरी सेवा में सारी ज़िन्दगी गुज़ार सकती हूँ। लेकिन सबसे पहले मैं दार जी की विधवा हूँ। उस दहलीज़ पर पहले एक बार जरूर जाऊँगी जहाँ मेरे दार जी मेरा इन्तज़ार कर रहे हैं। दार जी की दी हुई चूड़ियाँ उन्हें वापस करूँगी। अपने दार जी को कीरतपुर तक छोड़कर आऊँगी। आज भी उनकी आत्मा उसी दहलीज़ के इर्द–गिर्द भटक रही होगी।'

'व्हाट इज शी सेइंग' एम्मा ने सुपरिंटेंडेंट से पूछा था।

सुपरिंटेंडेंट ने एम्मा को अंग्रेज़ी में बताया था कि गुरकादी बी की जेल से रिहाई हो गयी है। मधुमिता जी ने उन्हें अपने साथ चलने की पेशकश की थी। बी ने मधुमिता जी की पेशकश न ठुकराई है और न स्वीकार की है। बी ने कहा है कि वह सारी ज़िन्दगी मधुमिता जी की सेवा में गुज़ार सकती है। परन्तु सबसे पहले वह अपने घर जायेगी जहाँ पर उसके दिवंगत पति दार जी उसका इन्तज़ार कर रहे हैं। वह दार जी द्वारा दी गयी सुहाग चूड़ियाँ दार जी को वापस करने की बात कह रही है और फिर दार जी के अवशेषों को कीरतपुर साहिब में बहाकर आयेंगी। उन्हें विश्वास है कि दार जी की आत्मा

अभी तक उसी दहलीज़ पर बी का इन्तज़ार कर रही हैं जहाँ वह पहली बार दुल्हन बनकर गयी थी।

एम्मा की आँखें फटी की फटी रह गयी थीं। यह सब सुनकर दोनों बच्चे आश्चर्यचकित थे। एम्मा बस इतना कह पायी थी। 'व्हाट ए डिवोशन। आई सैल्यूट इंडियन वूमैनहुड।'

सुपरिंटेंडेंट ने एम्मा को यह भी बताया कि जेल से छुट्टी न मिलने के कारण बी दार जी के अन्तिम संस्कार में शामिल नहीं हो पायी थी। रिश्तेदारों ने बी के कहने से दार जी की अस्थियाँ सुरक्षित रख ली थीं। एम्मा की आँखें भर आयी थीं। उसने बी का हाथ अपने हाथ में ले लिया था।

'जैसी आपकी इच्छा, बी। मुझे भी अपने साथ चलने की इजाज़त दे दो।' मधुमिता जी ने इच्छा व्यक्त की थी।

'मैं तुम्हें कैसे मना कर सकती हूँ मेरे बीर जी की प्यारी?' बी ने इतना ही कहा था।

'कैन वी गो विद हर' एम्मा ने सुपरिंटेंडेंट को सम्बोधित करते हुए पूछा था।

बी ने एम्मा और दोनों बच्चों को साथ चलने की इजाज़त दे दी थी।

यही है इन्सानियत और इन्सान के गुणसूत्रों की महिमा। मैंने इसीलिए कहा था कि इन्सानी जीवन भूत को भविष्य से मिलाने की एक छोटी–सी यात्रा भर है। पुरखों से मिले गुणसूत्रों का वाहक बनकर उन्हें भविष्य को सौंपकर ख़ुद भूत बन जाना जीवन की नियति है। इतना पता होते हुए भी इन्सान अपनी फ़ितरत से बाज नहीं आता है। प्रकृति इन्सान को अपना सन्देशवाहक बनने की इजाज़त भर देती है। इसके बावजूद मनुष्य अपना अस्तित्व सदा के लिए स्थापित करने की जुगत में लगा रहता है। अमर होने की चाह में इन्सानी फ़ितरत का मोहताज़ बनता चला जाता है। इन्सानी फ़ितरत यानि स्वार्थ, अहम्, लालच, छद्म, धोखे और अज्ञान पर आधारित अमरत्व पाने की चाह।

दार जी के गुणसूत्र दोनों बच्चों के रूप में दार जी को भविष्य से मिलाने के लिए उपस्थित हो गये थे। यही प्रकृति का खेल है। प्रकृति अपना नियम ख़ुद नहीं तोड़ती पर इन्सान प्रकृति के नियमों से छेड़छाड़ करने से बाज नहीं आता। मनुष्य को यह नहीं भूलना चाहिए कि प्रकृति से ही इन्सान का अस्तित्व है। जिस दिन प्रकृति विद्रोह कर उठेगी, इन्सान के गुणसूत्र ढूँढ़े से भी नहीं मिलेंगे। कोई और ही जीव धरा पर राज करने के लिए स्थापित हो जायेगा।

मधुमिता, एम्मा और दोनों बच्चों के साथ गुरकादी अपने गाँव आसफनगर पहुँच गयी थी। उस दहलीज़ पर जाकर साष्टांग ज़मीन पर लेट गयी थी जहाँ पहली बार दुल्हन बनकर आयी थी। हक़ीक़ियों ने गुरकादी को पहचान लिया था। देवरानी ने उन्हें बाँहों में भर लिया था। गले मिलकर दोनों बहुत देर तक दार जी का ज़िक्र करती हुई विलाप करती रही थीं। देवरानी की पुत्र–वधुओं ने दोनों को छुड़वाया था और दोनों के पैर दबाये थे। बहुत देर तक बी देवरानी से दार जी की बातें करती रही थीं।

देवरानी ने बी को कुछ खा लेने की बहुत ज़िद की थी। बी ने यह कहते हुए मना कर दिया था कि अपने दार जी को कीरतपुर साहिब में स्थान दिलाये बिना वह इस दहलीज़ पर कैसे अन्न–जल ग्रहण कर सकती है? बी, देवरानी, एम्मा और बच्चे गाँव के गुरद्वारे में गये थे जहाँ दार जी की अस्थियाँ सुरक्षित रखी थीं।

गुरद्वारे में अरदास करने के बाद बी, मधुमिता जी, एम्मा, देवरानी और बच्चे कीरतपुर साहिब गये थे। नदी में अस्थियाँ बहाकर बी ने गुरद्वारे में अरदास की थी। यह कहकर गुरद्वारे से बाहर आ गयी थी–

'सान्नू भी कोल जल्दी बुलवा ल्यौ दार जी।'

देवरानी ने बहुत ज़िद की थी कि गुरकादी उसके साथ घर वापस जाये। गुरकादी ने यह कहकर साफ़ मना कर दिया था–

'जित थाँ मेरे दार जी न हों, उत थाँ साढ़ा की कम्म।'

वास्तव में बी ने नाराज़गी ज़ाहिर की थी। गुरकादी के जेल जाने के बाद दार जी अकेले रह गये थे। हक़ीक़ियों ने उनकी सारी

ज़मीन और घर हड़प लिया था। दार जी को दो वक़्त की रोटी खाने के लिए गाँव के गुरद्वारे में शरण लेनी पड़ी थी। वहीं आख़िरी साँस ली थी। दार जी ने जेल में गुरकादी से की आख़िरी मुलाक़ात करते समय सब कुछ बता दिया था।

गुरकादी ने देवरानी को विदा कर दिया था। देवरानी भी सब कुछ समझ रही थी। चुपचाप वापस चली गयी थी। बी ने मधुमिता जी की ओर देखते हुए कहा था–

'मैं अब आज़ाद हूँ मेरे बीर जी दी प्यारी। जब तक मेरे दार जी साथ थे मुझे दोनों धरम–करम निभाने थे, दार जी का भी और अपना भी। आज मैं शाह जी को समर्पित बीर जी की सच्ची मनुख बन गयी हूँ। तू जहाँ कहेगी, चलूँगी।'

मधुमिता जी, बी, एम्मा और दोनों बच्चों को साथ लेकर देवीनगर आ गयी थीं। टूटी–फूटी अंग्रेज़ी में मधुमिता जी ने एम्मा को अपनी और बी की सारी कहानी सुनायी थी। पता ही नहीं चला कब देवीनगर तक का सफ़र पूरा हो गया था। एम्मा पूरे रास्ते बार–बार यही कहती रही थी–

'यू इंडियन लेडीज आर ग्रेट।'

गुरकादी बी के जेल से रिहा होने की ख़बर सभी अख़बारों में प्रमुखता से छपी थी। मठ में संगत जुड़ने लगी थी। मठ छोड़ चुके पुराने मठ के अनुयायी भी मठ में वापस लौट आये थे। वीरान और सुनसान पड़े मठ में अचानक गतिविधियाँ शुरू हो गयी थीं। प्रबन्धन समिति की मीटिंग में उपासना दीदी ने कहा था कि गुरकादी बी को मठ का संरक्षक बना देना चाहिए। मठ की आत्मा पुनः मठ में लौट आयी थी।

प्रकृति ने फिर अपनी सत्ता का प्रदर्शन किया था। इन्सानों को यह सन्देश दिया था कि जो जन्मा है उसका अन्त सुनिश्चित है, और जिसका अन्त हुआ है वह जन्मेगा ज़रूर। इसलिए कभी किसी को समाप्त करने की सोच का हामीदार मत बनना। अन्त तो सबका सुनिश्चित है। मनुष्य को यही आदेश है कि वह मानवता के हित में काम करता रहे। कुरुक्षेत्र के मैदान में भी मैंने यही उद्घोष किया था।

टकराव छोड़कर समन्वय को सारथी बनाते हुए मनुष्य को आगे बढ़ना चाहिए। प्रत्येक जीव प्रकृति का प्रतिनिधि है। उसके हिस्से का हक़ प्रकृति उसे अवश्य प्रदान करेगी। प्रकृति के मार्ग में बाधा मत बनो। अपना कर्म करते चलो।

उपासना दीदी के साथ मठ की सारी प्रबन्धन समिति देवीनगर पहुँच गयी थी। गुरकादी बी और मधुमिता जी से मुलाक़ात करके प्रबन्धन समिति ने गुरकादी बी को मठ की संरक्षक बनाये जाने की पेशकश की थी। लाखों अनुयायी मठ में जमे हुए थे। संगत लगातार जाप कर रही थी। संगत बार–बार एक ही माँग कर रही थी कि गुरकादी बी मठ का मार्गदर्शन करे। सारे अख़बार मठ के दोबारा सक्रिय होने की ख़बरों से भरे पड़े थे।

'मैं बहुत थक गयी हूँ, बी। मुझे माफ़ कर दो। मठ को सँभालने की हिम्मत अब मुझमें नहीं बची है। संगत बिखर गयी है। बीर जी मुझे कभी माफ़ नहीं करेंगे।' उपासना दीदी के इतना कहते ही सारी प्रबन्धन समिति एक स्वर में जाप करने लगी थी–

वाहे मनुख जी, वाहे मनुख जी।
तू ही तू है, तू ही तू।

सारी प्रबन्धन समिति एक पैर पर हाथ जोड़कर खड़ी थी। घोषणा कर दी थी कि जब तक गुरकादी बी मठ की संरक्षक बुनना स्वीकार नहीं करेंगी वे ऐसे ही खड़े रहेंगे।

मधुमिता जी चुपचाप एक कोने में खड़ी थीं। गुरकादी बी को समझ नहीं आ रहा था कि इस प्रकरण से कैसे निपटें? सब कुछ इतना तेज़ी से घट रहा था कि सोचने का वक़्त ही नहीं था।

इन्सान के जीवन में जब सब कुछ इतना जल्दी–जल्दी घटना शुरू हो जाये तो समझ लेना चाहिए कि मैं करवट ले रहा हूँ। ऐसे में जो घटित हो रहा होता है उसमें बाधा नहीं बनना चाहिए। जब मैं अच्छाई लेकर आता हूँ, तुरन्त आता हूँ। बुरा बनकर आता हूँ तो धीरे–धीरे दस्तक देकर सचेत करते हुए आता हूँ। मेरी दस्तक की आहट सुनकर बुद्धिमान लोग सावधान होकर सँभल जाते हैं। अहंकारवश, जो मेरी आहट नहीं सुनते,

अतीत का हिस्सा बन जाते हैं। भविष्य उन्हीं का है जो आगे बढ़ना जानते हैं। मेरे मकड़जाल में फँसकर ठिठक जाने वाले इन्तज़ार करते रह जाते हैं। मेरा धर्म लगातार आगे बढ़ना है।

मधुमिता जी ने उपासना दीदी के पैर छूकर उनसे आशीर्वाद लिया था। उनकी स्कूल की प्रिंसिपल जो रही थी। प्रबन्धन समिति के सदस्यों से भी आशीर्वाद लिया था।

मधुमिता जी ने भावुक होकर बी को मठ का संरक्षक बन जाने के लिए प्रार्थना करते हुए कहा था–

'एक न एक दिन हम सबको दुनिया से चले जाना है। जब तक जिन्दा हैं जीवन का एक–एक पल मनुखता की सेवा में यदि लगेगा तो मनुखता परवान चढ़ेगी। बीर जी का भी यही सन्देश था। मनुखता के लिए बीर जी जेल भुगत रहे हैं। उनके अधूरे पड़े कामों को आगे बढ़ाना हम सबका फ़र्ज़ है। बीर जी ने हम सबके कष्ट अपने ऊपर लेकर हमें नाम–दान दिया था। हमें पापों से मुक्ति दिलायी थी। हमारा भी धर्म है कि हम उनके सन्देश को आगे तक लेकर जायें।'

मैं ठिठक गया था। मधुमिता जी ने यह क्यों कहा कि बीर जी ने सबके कष्ट लेकर हमें नाम–दान दिया था? इसका मतलब जानने के लिए अतीत में जाना पड़ेगा जहाँ बीर जी नाम–दान दे रहे थे। बीर जी ने अनुयायियों को नाम–दान देकर उन्हें बताया था कि किस प्रकार नाम का जाप करना है। इसके बाद एक सेवादार ने बीर जी के ऊपर सफ़ेद रंग की चादर ओढ़ा दी थी। बीर जी ने नाम–दान लेने वाली संगत को अपने सारे पाप और कष्टों को एक–एक कर याद करने और उन्हें बीर जी को सौंप देने के लिए कहा था। बीर जी ने हिलना शुरू कर दिया था। चादर की हरकत से आभास हो रहा था कि बीर जी का शरीर काँप रहा है। संगत को विश्वास होने लगा था कि बीर जी संगत के पाप अपने ऊपर ले रहे हैं इसीलिए उनका शरीर काँप रहा है। थोड़ी देर में सब कुछ शान्त हो गया था। सेवादार ने चादर हटा ली थी। धीरे–धीरे बीर जी ने आँखें खोल दी थीं। घोषणा कर दी थी कि सारी संगत पापों से मुक्त हो गयी है।

संगत के पाप बीर जी के हिस्से में आ गये हैं। मधुमिता जी ने प्रबन्धन समिति को यही याद दिलाया था कि बीर जी संगत के पापों की सज़ा भुगतने के लिए जेल में हैं।

नाम–दान की इस प्रक्रिया में मुझे कुछ भी नया नज़र नहीं आया था। मैं इसे पाखण्ड नहीं कह सकता, लेकिन इसे स्वीकार भी नहीं करता। सभी धर्मों में किसी–न–किसी रूप में इसी प्रकार से आस्था का दीप जगाकर अनुयायियों को इकट्ठा किया जाता रहा है। मैंने चर्च में भी यही देखा है जहाँ 'कन्फ़ैशन' कराया जाता है, मस्जिद, मन्दिर और गुरद्वारे में भी ऐसा ही कुछ देखा है। इन्सान स्वार्थी जीव है। धर्म में आस्था के बदले वह कुछ–न–कुछ चाहता है, अपनी आस्था यूँ ही किसी पर कुर्बान नहीं करता। और यदि आस्था की क़ीमत पर पापों से मुक्ति मिलती हो तो इससे बेहतर सौदा और क्या हो सकता है? भीड़ की आस्था का कमोबेश यही मनोविज्ञान है।

मधुमिता जी ने नाम–दान की याद दिलाकर प्रबन्धन समिति को बीर जी के प्रति फिर से नत–मस्तक होने को मजबूर कर दिया था। सबने एक स्वर में उद्घोष किया था–

'धन धन मनुख जी, धन धन संगत।
धन धन मनुख, तेरा ही सहारा जी।'

बी भावुक हो गयी थी। बहुत दिनों के बाद फिर से बी में भावनाओं का सूख गया समुद्र हिलोरें मार रहा था। सभी को सम्बोधित करते हुए कहा था–

'मनुख भलाई करण वास्ते दुनिया में आता है। उसे भलाई वास्ते जीना चाहिए और भलाई करते हुए ही मरना चाहिए। मैंने जेल की क़ैद में ही अपनी भलाई ढूँढ़ ली थी। लेकिन बीर जी को यह मंजूर नहीं था। बीर जी की प्यारी और मेरा अपना ख़ून मुझे क़ैद से बाहर निकाल लाया है। संसार में मेरा कुछ भी नहीं है। घर–बार हक़ीक़ियों को सौंप दिया है। सारी दुनिया मेरा घर है। सारा जगत मेरा परिवार है। ज़िन्दगी में न कुछ खोने का डर है और न ही कुछ पाने की लालसा। एक ही इच्छा बाक़ी है कि जब तक प्राण हैं

मनुखता की सेवा करती रहूँ। मेरे लिए इससे अच्छी बात और क्या हो सकती है कि मनुखता की सेवा करने का मौक़ा मुझे मेरे बीर जी के स्थान में ही मिले। मैं मठ में ज़रूर जाऊँगी लेकिन किसी पद पर नहीं। प्रबन्धन समिति अपना काम करती रहे। उपासना दीदी यूँ ही बनी रहे। मैं भी संगत के साथ मनुखता का जाप करती रहूँगी। बीर जी के आने का इन्तज़ार करूँगी।'

प्रबन्धन समिति और उपासना दीदी निःशब्द हो गयी थी। सबने गुरकादी बी के फ़ैसले को स्वीकार कर लिया था। प्रबन्धन समिति वापस चली गयी थी। बी मधुमिता जी के साथ ही रुक गयी थी।

एम्मा और बच्चे दो–तीन दिन देवीनगर में घूम कर वापस अमेरिका लौट गये थे। एम्मा यह वायदा करके गयी थी कि वह हर साल बच्चों के साथ इंडिया आया करेगी। और अगली बार बलजिन्दर को भी साथ लेकर आयेगी।

मेरी घूर्णन गति का मार्ग वृत्ताकार है। इसीलिए निरंकार हूँ। ख़ुद अपना मार्ग बनाता हूँ और उस पर दोबारा चलकर ख़ुद ही उसे मिटा देता हूँ। इसीलिए मेरी पदचाप दिखायी नहीं देती। मनुष्य के जीवन की गति एक सरल रेखा पर आगे बढ़ती है। मुझमें अपना भविष्य ढूँढ़ने की कोशिश में मनुष्य लगातार आगे बढ़ता जाता है परन्तु मैं बहुत पीछे छूट जाता हूँ। मेरे साथ अपनी गति मिलाने के लिए मनुष्य को अपने अन्दर घूम–घूम कर मनुष्यता को खोजने की कोशिश करनी पड़ती है। परन्तु ऐसा करना सदैव सम्भव नहीं है। प्रत्येक जीव एक निश्चित जीवन अवधि लेकर दुनिया में आता है। उसे हर हाल में आगे बढ़ना होता है। जो लोग वक़्त को बाँधने की कोशिश करते हैं, बहुत बड़ी भूल करते हैं। वक़्त किसी के वश में नहीं होता। मनुष्य भविष्य को अपनी इच्छाओं, प्रतिज्ञाओं और अपेक्षाओं का प्रतिबिम्ब बनाते हुए आगे बढ़ता चला जाता है। वह पीछे मुड़कर देखना पसन्द नहीं करता जहाँ पर मैं अपनी वृत्ताकार परिधि को बार–बार मिटाता हूँ और बार–बार पुनः निर्धारित करता हूँ। वो लोग वास्तव में सन्त होते हैं जो पीछे मुड़कर अतीत पर दृष्टिपात करते रहते हैं।

'राखी जी और नीता जी भी तो देवीनगर में ही रहती हैं। क्या उनसे कभी मुलाक़ात हुई?' बी ने मधुमिता जी से पूछा था।

'नहीं' मधुमिता जी ने उत्तर दिया था।

'इतने बड़े घर में अकेली कैसे रहती हो?' बी ने पूछा था।

'पता ही नहीं चलता, वक़्त कब गुज़र जाता है, बी। सारा दिन दफ़्तर में निकल जाता है। सुबह–शाम विधानसभा क्षेत्र से आये हुए लोग घेरे रहते हैं। वैसे भी जेल में रहने के बाद मानसिकता बदल गयी है। अब जगह का छोटा या बड़ा होना अथवा अपनी या परायी होना ज़्यादा मायने नहीं रखता। पैर पसारकर सोने लायक जगह ही अपनी लगती है। बाक़ी सब बेकार है।' मधुमिता जी का अन्दाज़ दार्शनिक हो गया था।

मधुमिता जी ठीक ही तो कह रही हैं। मनुष्य को अढ़ाई गज से ज़्यादा जगह की ज़रूरत ही कहाँ होती है? फिर भी मनुष्य सारी ज़िन्दगी ज़मीन अपने नाम कराने की जुगत में भटकता रहता है। ज़मीन पर हक़ जताने की फिराक में पता नहीं कितने युद्ध इस धरती पर लड़े गये और कितनी ही सभ्यताएँ नष्ट हो गयीं? मनुष्य ही नहीं, जानवर भी अपना–अपना क्षेत्राधिकार सुरक्षित करते रहते है। शेर तो शेर कुत्ता भी अपने इलाक़े में किसी दूसरे कुत्ते को घुसने नहीं देता। परन्तु यह धरती न किसी की हुई है और न ही कभी किसी की होगी। वस्तुतः यह धरती ही सब जीवों की मालिक है। यह सारे जीवों को जन्म का आधार देती है और यही सबको अपने में समेट लेती है। वे मूर्ख हैं जो धरती के मालिक बनने की फिराक में रहते हैं। मधुमिता जी ने जीवन और मृत्यु के बीच धरती पर हक़ जताने की जद्दोजहद की व्यर्थता के फलसफे को सहज ही बखान कर दिया था। विडम्बना यह है कि मनुष्य इस साधारण से फलसफ़े को समझने में हमेशा चूक करता है।

'मैडम, कोई नीता मैडम आपसे मिलने आयी हैं। कह रही हैं कि चौदह साल से आपको जानती हैं।' सहायक ने घर के पिछवाड़े के प्रांगण में गुफ़्तगूँ कर रही मधुमिता जी और बी को सूचना दी थी।

'उन्हें आने दो।' मधुमिता जी स्वयं सहायक के पीछे–पीछे नीता को लेने के लिए चली गयी थीं।

नीता को देखकर मधुमिता जी भाव–विह्वल हो गयी थी। लपककर उन्हें गले लगा लिया था।

दो महिलाओं के मिलने के दृश्य में ऐसी आत्मीयता के दर्शन होते हैं मानो दो नदियों की धारा आपस में मिलकर एक बड़ी नदी का प्रवाह बन गयी हो। जबकि दो पुरुषों के मिलन में दो मेघों के मिलने का एहसास होता है जिसमें बिजली जैसी गर्जना के दर्शन होते हैं। महिलाएँ आपस में बहुत जल्दी एक–दूसरे की राज़दार बन जाती हैं। इसके ठीक विपरीत पुरुष किसी को भी अपना सम्पूर्ण राज़दार बनने लायक नहीं मानता है। प्रकृति ने स्त्री और पुरुष को ऐसा ही बनाया है। इसमें उनका कोई दोष नहीं है।

मधुमिता जी नीता को बी के पास लेकर गयी थीं। नीता बहुत देर तक मधुमिता जी और बी से बात करती रही थीं। नीता ने बताया था–

'जेल में महिला बन्दियों के बारे में जानकारी हासिल करके उनकी स्थिति में सुधार लाने के उपायों को सार्वजनिक चर्चा में लाना मेरा मन्तव्य रहा है। इसमें जेल के अधिकारियों से मुझे लगातार सहयोग मिलता रहता है। जब आप दोनों जेल में थीं तब मुझे राजावत साहब ने विशेष रूप से वहाँ भेजा था। उन्हें डर था कि यदि जेल में तुम्हें कुछ हो गया तो उनकी नौकरी पर आँच आयेगी। खुफ़िया विभाग जेल में तुम्हारी हर गतिविधि पर जेल अधिकारियों से रिपोर्ट लेता था। पता नहीं उन्होंने सरकार को क्या रिपोर्ट भेजी थी? अचानक जेल अधिकारियों ने मुझे सहयोग देना बन्द कर दिया था। इसी बीच राजावत साहब की जेल विभाग से बदली हो गयी थी। इसके बाद मैंने जेल पर जाना बन्द कर दिया था। आप बताओ, ज़िन्दगी कैसी चल रही है?' नीता ने मधुमिता जी से पूछा था।

'जेल में उन दिनों अगर आप दिलासा न देतीं तो वहाँ रहना दूभर था। कई बार निराशा और हताशा में ग़लत क़दम उठाने के विचार मन में आये थे। लेकिन आपका वह वाक्य हमेशा जीने का

आधार बन जाता था कि हर रात की सुबह होती है। उसी सुबह की इन्तज़ार में लम्बी रातें कट जाती थीं। आपके आने की बाट जोहते हुए दिन गुज़र जाता था। आपने उन मुश्किल दिनों में जो मानसिक और नैतिक सहारा दिया था उसका बदला मैं सारी ज़िन्दगी नहीं चुका सकती। आपके जेल में आने से पहले हमें आपके आने की आहट हो जाती थी। बैरक में हमारी सुविधाएँ अचानक बढ़ जाती थीं। हम समझ जाते थे कि आप आने वाली हो। एक आप ही ऐसी थीं उस काल कोठरी में जिसे देखकर जीने की इच्छा फिर से जाग जाती थी। वरना सारा दिन निराश और अपनों द्वारा ठुकरायी गयी बन्दिनियों को देखते–देखते निराशा घेर लेती थी। बन्दिनियों के शोषण की कहानियाँ सुनते–सुनते सामाजिक और प्रशासनिक व्यवस्था से विश्वास उठ गया था। आपसे खुलकर बात भी नहीं कर सकते थे। मीनू मैट्रन की ख़बरी रामदुलारी वार्डन साथ खड़ी रहती थी। राम दुलारी बन्दिनियों की सारी बातें सुनकर मीनू को बताती थी। उसके बाद मीनू बन्दिनियों की जो गत बनाती थी उससे रूह काँप जाती थी। फिर भी हमें आपके आने का इन्तज़ार रहता था।'

मेरी उत्सुकता बढ़ गयी थी। मधुमिता जी नीता मैडम को क्या बताना चाह रही थीं? महिलाओं के रहने के स्थान में ताँक–झाँक करना मेरी नियति नहीं है। नीता जी की उत्सुकता भी बढ़ गयी थी। उन्होंने मधुमिता जी को पूछा था–

'क्या गत बनाती थी मीनू मैट्रन?'

'एक औरत की गत बनाने के लिए कुछ विशेष करने की ज़रूरत नहीं होती। रात के अँधेरे में एकान्त में बन्द कर देना। बच्चों को माँ से अलग कर देना। महीने के मुश्किल भरे दिनों में अलग कोठरी में बन्द कर देना जहाँ नहाने–धोने की व्यवस्था न हो। मुलाक़ात बन्द कर देना। सबके सामने मुँह पर थप्पड़ मार देना। पुरुष अधिकारियों के दफ़्तर में अकेले भेज देना जैसी अनेक यातनाएँ हैं जिनका शिकार महिला बन्दी बनती रहती हैं। दुनिया में महिला होना अभिशाप है नीता जी। ईश्वर या तो महिला को पैदा न करे और यदि पैदा करे तो उसे मजबूर न बनाये।

औरत की मजबूरी का फ़ायदा हर कोई उठाने की कोशिश करता है। मैं अपने आपको एक मज़बूत महिला समझती थी। लेकिन पुलिस रिमांड़ ने मुझे भी झकझोर कर रख दिया था। मैंने डर के मारे किसी को नहीं बताया था कि कहीं जेल वाले भी ऐसी ही दुर्गति न बनायें।' यह बताते–बताते मधुमिता जी की आँखें भर आयी थीं।

मैं सब कुछ सुन रहा था। विश्वास नहीं हो रहा था कि जेल और पुलिस की हिरासत में भी औरत सुरक्षित नहीं है। एक औरत होने का दर्द एक औरत ही महसूस कर सकती है। पुरुषों के लिए परायी औरत का अस्तित्व एक खिलौने से अधिक नहीं होता है।

'पुलिस रिमांड़ में क्या हुआ था?' नीता ने पूछा था।

'पुलिस रिमांड़ कहाँ था नीता जी, नरक था। पुलिस रिमांड़ में गुज़ारे नौ दिन मेरे जीवन का वह काला अध्याय है जिसे मैं कभी भी पढ़ना नहीं चाहूँगी। लेकिन आज उन यातनाओं को ज़रूर उजागर करूँगी ताकि व्यवस्था में बैठा कोई संवेदनशील व्यक्ति इसका संज्ञान ले और फिर कभी किसी औरत के साथ ऐसा न हो।'

नीता महिला–अधिकारों के प्रति संवेदनशील और समर्पित सामाजिक कार्यकर्ता है। गुस्से से उनका चेहरा लाल हो गया था।

'ऐसा क्या हुआ था तुम्हारे साथ? पहले क्यों नहीं बताया? राखी जी और मजिस्ट्रेट साहब को क्यों शिकायत नहीं की?' नीता ने मधुमिता जी को झकझोरा था।

'शिकायत! शिकायत करने लायक हिम्मत कहाँ बची थी मुझमें। आज मन्त्री बन जाने के बाद भी हिम्मत नहीं है यह बताने की कि मेरे साथ क्या–क्या हुआ था? अगर आप न पूछतीं तो मैं शायद यह सब कुछ न बता पाती।' मधुमिता जी व्यथित नज़र आ रही थीं।

मैं सचेत होकर सुनने लगा था।

'पुलिस ने मुझे और गुरकादी बी को गिरफ़्तार कर लिया था। रिकार्ड में दिखाया कि हम गाड़ी में भागने की कोशिश कर रहे थे। सच्चाई यह थी कि पुलिस से साँठ–गाँठ करके हम ख़ुद पुलिस के सामने पेश हुए थे। हमें परतापुर थाने में ले जाया गया था।

हवालात का दरवाज़ा खोलकर हम दोनों को अलग–अलग पटक दिया गया था। हवालात पारदर्शी होती है। सींखचों के पीछे सब कुछ बाहर से दिखायी दे जाता है। पिंजरे में बन्द जानवर की तरह जेल की हवालात में हमारी नुमाइश लग गयी थी। थाने का एक–एक पुलिस वाला, चाहे वह महिला थी या पुरुष, बार–बार हवालात के सींखचों से झाँकता था और पूरे शरीर का ऊपर से नीचे तक मुआयना करके हँसता हुआ चला जाता था। कई तो इतने बदतमीज़ थे कि खड़ा होकर मुँह दिखाने का आदेश भी देते थे। महिला पुलिसकर्मी पुरुषों से ज़्यादा बदतमीज़ थी। तरह–तरह के भद्दे मज़ाक़ सुनने को मिले थे। कोई कहता था जैसे टीवी पर दिखती थी उससे अधिक क़ातिल है। कोई दूध जैसी चमड़ी बताकर हँसता हुआ चला जाता था। महिला पुलिसकर्मी तो सींखचों के नज़दीक बुलाकर छूने की भी कोशिश करती थी।

हमारी गिरफ़्तारी की ख़बर जंगल में आग की तरह फैल गयी थी। थाने में खाक़ी वर्दी वालों के आने–जाने का ताँता लग गया था। हर कोई हमें आँख भर कर देखने के लिए लालायित था। हर कोई इतनी बुरी तरह घूरता था कि मुझे लगता था मैं निर्वस्त्र कर दी गयी हूँ। बार–बार निर्वस्त्र होने के एहसास ने मन ग्लानि से भर दिया था। मुझे अपने औरत होने पर ग्लानि होने लगी थी।

सुबह से शाम हो गयी थी। न पीने के लिए पानी था और न ही खाना। इतने में ममता थानेदारनी दहाड़ते हुए आयी थी–"शिवचरण निकाल बाहर इस उजड़ी को। देख आज इसका कैसा रिमांड लेती हूँ?" शिवचरण हवलदार ने हवालात का ताला खोलकर मुझे बाहर निकाला था। ललिता हवलदारनी ने मेरा हाथ कसकर पकड़ लिया था। "डर मत, यार का ही हाथ समझ।" ललिता ने हँसकर मेरी ओर देखते हुए कहा था।

मुझे एक अँधेरे कमरे में ले जाया गया था, जहाँ कोई नहीं था। बाहर से ताला लगा दिया था। अँधेरा हो गया था। अँधेरे एकान्त में मैं घबरा गयी थी। अचानक ताला खोलने की आवाज़ आयी थी। दो पुरुष अन्दर आये थे। उन्होंने मेरे ऊपर घूँसों की बौछार शुरू कर दी थी।

मैं उनका चेहरा नहीं देख पायी थी। थोड़ी देर बाद मैं अधमरी होकर फ़र्श पर गिर गयी थी। दोनों पुरुष बाहर चले गये थे। ताला बन्द कर दिया गया था।

मैंने काल–चक्र को पीछे ले जाकर देखा था। काल के कपाट पर यह दृश्य अंकित था। उसके बाद जो मैंने देखा था वह शर्मनाक ही नहीं, एक संगीन अपराध था।

कमरे का ताला फिर खुला था। ललिता हवलदारनी ने मधुमिता को ममता थानेदारनी के कमरे में चलने के लिए कहा था। मधुमिता ठीक से चल नहीं पा रही थी। ममता थानेदारनी अपनी कुर्सी पर बैठी थी। एक क़ागज़ पर कुछ लिख रही थी। ललिता हवलदारनी ने मधुमिता को ममता थानेदारनी के सामने दीवार के साथ खड़ा कर दिया था। दो मिनट तक ममता थानेदारनी एक क़ागज़ पर कुछ लिखती रही थी। फिर गर्दन ऊपर उठाकर बोली थी–

'तो तू है सारे झगड़े की जड़। लगती तो बड़ी भोली है। चमड़ी भी गोरी चिट्टी है। क्या खाती है?'

मधुमिता चुप रही थी। ममता गुर्रायी थी–'जवाब क्यों नहीं देती हरामज़ादी ? मैं पूछ रही हूँ क्या खाती है?'

मधुमिता चुपचाप खड़ी रही थी। 'तू गूँगी है क्या? बोलती क्यों नहीं?' यह कहते ही ममता कुर्सी से उठकर मधुमिता के पास पहुँच गयी थी।

'हाय रब्बा। इतना हुस्न। भगवान भी इन्साफ़ नहीं करता। सारा हुस्न इसी को दे दिया। देख आख़िरी बार पूछ रही हूँ। बता दे क्या खाती है? नहीं तो क़सम तेरे बाप की वो गत बनाऊँगी कि तेरी शक्ल भी पहचान में नहीं आयेगी।' ममता ने अपना डण्ड़ा मधुमिता के गाल पर लगा दिया था।

मधुमिता फिर चुप रही थी। ममता को ऐसी गुस्ताख़ी कतई पसन्द नहीं थी। उसका चेहरा तमतमा गया था। उसने मधुमिता को बालों से पकड़कर ज़मीन पर गिरा दिया था। लात–घूँसों की बौछार शुरू कर दी थी। ममता थककर खड़ी हो गयी थी।

'यो तो हार्ड कोर लगती है ललिता। ऐसे नहीं मानेगी। चल उठा इसे। ले चल स्वर्गाश्रम में।' ममता ने आदेश दिया था।

ललिता हवलदारनी ने मधुमिता को बालों से पकड़कर खड़ा किया था। एक अँधेरे कमरे में ले जाकर ललिता ने मधुमिता को छोड़ दिया था। अचानक दो सिपाही कमरे में घुसे थे। हज़ार–हज़ार वोल्ट के चार बल्ब एक वृत्ताकार घेरे में जड़े थे। सिपाहियों ने मधुमिता के हाथ कमर के पीछे बाँध दिये थे। मुँह आकाश की ओर करवाकर बालों को पीछे एक चुन्नी से बाँध कर दोनों टाँगों के बीच से निकालते हुए चुन्नी को गर्दन के साथ बाँध दिया था। दोनों पैरों को आपस में बाँधकर उन्हें एक खम्बे से बाँध दिया था। सिर के नीचे एक तिपाई की टेक लगा दी थी। धीरे–धीरे चार बल्बों वाला वृत्ताकार घेरा आँखों के ऊपर आ गया था। ममता ने हुक्म दिया था–

'ललिता नज़र रख हरामज़ादी पर। पलक नहीं झपकने देना। पलक झपकते ही टाँगों पर कोड़ा लगाना।'

तेज़ प्रकाश में मधुमिता की आँखें चुधियाँ गयी थीं। पलक झपकते ही ललिता हवलदारनी पूरी ताक़त से कोड़ा चला देती थी। दस मिनट तक यही खेल चला था। मधुमिता दर्द से कराह रही थी। दर्द असहनीय हो गया था। मूर्छित होकर मधुमिता खम्बे के सहारे झूल गयी थी। मधुमिता ने इस प्रकार की मार पहले कभी नहीं खायी थी। माँ–बाप ने बड़े नाज़ों से पाल–पोस कर बड़ा किया था।

मधुमिता को मूर्च्छित हुआ देख ललिता हवलदारनी दौड़ी–दौड़ी ममता के पास गयी थी।

'मैडम जी, मैडम जी, दीदे पथल गयी साली। आओ तो।'

ममता ललिता के पीछे–पीछे स्वर्गाश्रम में आयी थी। ललिता को मधुमिता के पैर खोलकर तिपाई हटाने के लिए कहा था। तिपाई हटाते ही मधुमिता ज़मीन पर आ गिरी थी।

'दो मिनट यूँ ही पड़ा रहने दे। इसके बाद सीधा बैठाकर दो घूँट गर्म पानी पिला देना। फिर मेरे पास लेकर आना इसे।'

ललिता को हिदायत देकर ममता थानेदारनी अपने कमरे में चली गयी थी। ललिता ने ममता की हिदायतों की पालना कर दी थी। धीरे–धीरे मधुमिता होश में आ गयी थी। दीवार के सहारे कमर लगाकर बैठ गयी थी। दोनों सिपाही फिर आये थे। उन्होंने हाथ–पैरों में बँधी रस्सी खोल दी थी। गले और बालों में बँधी हुई चुन्नी भी खोल दी थी।

ललिता मधुमिता को ममता थानेदारनी के कमरे में लेकर गयी थी। इतने में हूटर बजाती दो गाड़ियाँ थाने के गेट पर आकर रुकी थीं। राजदुलारी दौड़ी–दौड़ी ममता के कमरे में आयी थी–

'मैडम जी, एस.पी. साहब और आई.जी. साहब आये हैं।'

ममता थानेदारनी आनन–फानन में कैप और डण्डा उठाकर गेट की तरफ़ लपकी थी, अपने अफ़सरों की अगवानी करने के लिए।

आकाशदीप, आई.जी. और दिलावर सिंह, एस.पी. ममता थानेदारनी के कमरे में आ गये थे जहाँ मधुमिता पहले से ही मौजूद थी। आते ही आकाशदीप ने ममता से पूछा था–

'मेहमान की ख़ातिरदारी की या नहीं।'

ममता थानेदारनी ने तुरन्त जवाब दिया था–

'शुरू कर दी है सर। कल तक तोते की तरह बोलने लगेगी, अभी तो खुमारी में है। बादशाह से वज़ीर तो बन गयी है।'

मेरी समझ में नहीं आया था कि आकाशदीप और दिलावर सिंह थाने में क्या करने आये थे? पहेली मधुमिता ने ही सुलझा दी थी। दोनों अफ़सरों को देखकर मधुमिता ने आकाशदीप से ममता की शिकायत की थी–

'आकाशदीप जी, यदि मुझे यह पता होता कि मेरे साथ पशुओं से भी बदतर बर्ताव होगा तो मैं कभी आपकी बातों में न आती। दिलावर सिंह जी, आप ही बताइए मुझे किस जुर्म की सज़ा दी जा रही है। मैंने तो हमेशा आपकी मदद की थी।'

मैं पल भर के लिए ठिठक गया था। मधुमिता दोनों अफ़सरों से ऐसे बात कर रही थी जैसे उन्हें पहले से जानती हो।

इस पहेली को समझना ज़रूरी हो गया था। पीछे मुड़कर काल के कपाट पर देखा तो सब कुछ साफ़–साफ़ दिखायी दे गया था।

सोलह वर्ष पहले आकाशदीप एक नौजवान अफ़सर थे। अम्बिकापुर में ए.एस.पी. तैनात थे और बीर जी से मिलने प्रायः मठ में आते रहते थे। मधुमिता से आकाशदीप की मुलाक़ात पहली बार वहीं हुई थी। आकाशदीप घण्टों मधुमिता के कमरे में आकर बैठे रहते थे। उन दिनों शाहकोट का पुलिस अधीक्षक बीर जी के कहने से ही लगाया जाता था। अम्मा आशामई और बीर जी के बीच अच्छा रिश्ता था। आकाशदीप मधुमिता से हर रोज़ बीर जी से मिलने का समय माँगा करता था। बीर जी से मुलाक़ात करने वालों के नाम और समय तय करने का ज़िम्मा मधुमिता का ही था।

उस समय आकाशदीप एक आकर्षक और बेहद शर्मीला नौजवान था। वह धीरे–धीरे मधुमिता की ख़ूबसूरती का दीवाना हो गया था। पहले बड़े औपचारिक तरीक़े से मिलते था, फिर फूलों का गुलदस्ता लेकर आने लगा था। मधुमिता ने आकाशदीप के व्यवहार में आते बदलाव को अच्छे से पढ़ लिया था।

आकाशदीप का मधुमिता के प्रति आकर्षण कोई विचित्र घटना नहीं थी। उस उम्र के नौजवान प्यार की नाव पर सवार होकर जीवन की मन्दाकिनी को चाहत की पतावर के सहारे पार करना चाहते हैं। शायद इसीलिए कुदरत ने हर जीव को जवानी बख़्शी है। परन्तु एकतरफ़ा चाहत जीवन भर का दंश दे जाती है। मधुमिता मठ को समर्पित रूह थी। उसके जीवन में प्यार जैसी व्यक्तिगत उमंगों के लिए कोई अहमियत नहीं थी।

एक दिन आकाशदीप मधुमिता के लिए चाकलेट का डिब्बा लेकर आये थे। मधुमिता ने आकाशदीप का उपहार स्वीकार नहीं किया था। आकाशदीप ने बुरा नहीं माना था। डिब्बा वापस साथ ले गये थे। अपनी हिमाकत के लिए माफ़ी भी माँग ली थी। लेकिन दूसरी हिमाकत कर डाली थी–

'कोई बात नहीं मधुमिता जी। यदि आपका साथ मिल जाता तो सारी उम्र आपकी गुलामी करता। कम–से–कम बीर जी को कहकर शाहकोट के पुलिस अधीक्षक की कुर्सी तो दिलवा दो। यदि मुझे शाहकोट के एस.पी की कुर्सी मिल गयी तो समझ लेना मेरी क़लम आपके ही हाथ में होगी। यदि कुछ बुरा लग गया हो तो माफ़ कर देना।'

मधुमिता ने आकाशदीप को कुछ नहीं कहा था। लेकिन बीर जी को सारी घटना बता दी थी। बीर जी ने अम्मा आशामई से कहकर आकाशदीप को अम्बिकापुर से बदलवा दिया था। आकाशदीप का प्रमोशन भी हो गया था। मिठाई का डिब्बा लेकर फिर मधुमिता से मिलने आया था।

'मैं यहाँ से बदलकर जा रहा हूँ मधुमिता जी। मेरी प्रमोशन हो गयी है। मुँह मीठा कीजिए। ज़िन्दगी बहुत लम्बी है। कभी मेरे लायक कोई काम हो तो बेझिझक कह दीजिएगा। बन्दा आपके काम आ सका तो बड़ा शुक्रगुज़ार होगा।' आकाशदीप ने मिठाई का डिब्बा खोलकर मधुमिता के सामने कर दिया था। मधुमिता ने एक लड्डू खा लिया था।

आकाशदीप अम्बिकापुर से बदलकर चले गये थे। बीर जी को सज़ा हो जाने के बाद हुई व्यापक हिंसा में मधुमिता को मुख्य षड्यन्त्रकारी माना गया था। पुलिस उसके पीछे पड़ी हुई थी। मधुमिता पुलिस को गिरफ़्तारी देना चाहती थी लेकिन यह आश्वासन चाहती थी कि उसके साथ मार–पिटाई नहीं की जायेगी। आकाशदीप शाहकोट रेंज के आई.जी. थे। मधुमिता ने आकाशदीप को उस मधुर आश्वासन की याद दिलाते हुए सम्पर्क किया था जिसमें उसने मधुमिता के काम आने की बात कही थी।

मधुमिता भोली थी। समझ नहीं पायी थी कि जवानी में पुरुष चाहत की ख़ातिर आकाश के तारे तोड़ लाने का भी वायदा कर सकता है। चाहत के आवेग में पुरुष कुछ भी कर गुज़रने के लिए तैयार रहता है। जैसे–जैसे जवानी काफूर होती जाती है पुरुष के

जज़्बाती उद्गार व्यावहारिकता के धरातल पर लौट आते हैं। इसके ठीक विपरीत, औरत पुरुष से हमेशा पहले जैसी दीवानगी की उम्मीद रखती है। प्रकृति ने दोनों को शायद जान–बूझकर ऐसा ही बनाया है। दोनों तमाम उम्र इन्हीं विरोधाभाषों में उलझे रहते हैं।

आकाशदीप के हस्तक्षेप से मधुमिता ने पुलिस के सामने आत्म–समर्पण कर दिया था। आकाशदीप ने मधुमिता को मार–पिटाई से बचाने का वायदा किया था। लेकिन थाने में ममता थानेदारनी तो जल्लादों की तरह व्यवहार कर रही थी। मधुमिता यही शिकायत आकाशदीप आई.जी. से कर रही थी।

दिलावर सिंह सत्रह वर्ष पहले अम्बिकापुर के थाना–अध्यक्ष थे। बीर जी का एक भी सत्संग नहीं छोड़ते थे। वर्दी में साष्टांग प्रणाम करके सत्संग सुनने बैठते थे। सत्संग के बाद मधुमिता से मिलना नहीं भूलते थे। बीर जी की कृपा से लगातार तीन साल अम्बिकापुर के थाना–अध्यक्ष रहे थे। जब प्रमोशन हुई तभी अम्बिकापुर छोड़ा था। मधुमिता जी यही उलाहना देकर दिलावर सिंह को उनके अतीत की याद दिला रही थी। बावली थी, पुलिस की उप–संस्कृति से नावाक़िफ़ थी।

पुलिसवाले की पहली वफ़ादारी उस अफ़सर के साथ होती है जो उसे उसके पद पर बैठाता है। यह वफ़ादारी तब तक चलती है जब तक वह अफ़सर कुर्सी पर होता है। उसकी दूसरी वफ़ादारी उस व्यक्ति के साथ होती है जो उसे उसके पद पर बने रहने में सहायक होता है। यह वफ़ादारी भी तभी तक चलती है जब तक उस व्यक्ति की अहमियत रहती है। पुलिस उप–संस्कृति में अपने मुखबिर को बचाने की रवायत भी है। लेकिन मैंने पुलिस के मुखबिरों की दुर्गति भी आने वाले अफ़सरों के हाथों होती देखी है। अदालत में झूठा हलफ़ उठाकर झूठ को सच और सच को झूठ साबित करने की कला में माहिर पुलिस वाले को पुलिस में स्याणा कहा जाता है। लेकिन पुलिस के स्याणों की सबसे ज़्यादा फ़ज़ीहत होती है जब उन्हें धरातल की हक़ीक़तों से रू–ब–रू होना पड़ता है। कई तो ख़ुदकुशी कर लेते हैं।

मैं ऐसी अनेक घटनाओं का चश्मदीद हूँ। फिर पता नहीं क्यों मधुमिता दिलावर सिंह से उम्मीद लगाये हुए थी?

आकाशदीप ने मधुमिता के प्रश्न का उत्तर दिया था–

'कोई किसी के काम नहीं आता मधुमिता। हर कोई अपना किरदार निभाता है। अगर तुम आत्म समर्पण न करतीं तो पुलिस तुम्हें इसके लिए मजबूर कर देती। मैंने तुम्हारी लाचारी देखकर ही तुम्हारी मदद की थी। तुम्हारी इसी में भलाई है कि जाँच में सहयोग करो।'

'दिलावर जी, आप तो समझाइए इन पुलिस वालों को। कम–से–कम एक औरत के साथ अमानवीय व्यवहार तो न करें। मैं कोई अपराधी नहीं हूँ। षड्यन्त्र का शिकार हुई हूँ। आप तो मुझे बहुत पहले से जानते हैं।' मधुमिता ने दिलावर सिंह को कहा था।

'पुलिस की वर्दी केवल क़ानून को पहचानती है मधुमिता। उसकी बाक़ी जान–पहचान मायने नहीं रखती। हुक्मरानों का हुक्म बजाना हर पुलिस वाले का फ़र्ज़ है। फ़र्ज़ निभाते हुए पुलिस वाले रिश्तों को नहीं पहचानते। जैसा आई.जी. साहब ने कहा है आप जाँच में सहयोग करो। इसी में भलाई है।' दिलावर सिंह ने दो टूक जवाब दे दिया था।

आकाशदीप ने मुस्कराते हुए ममता थानेदारनी को ताक़ीद की थी–

'मेहमान का ख़्याल रखना। इन्हें चाकलेट खाने का बहुत चाव है। अपने हाथ से खिलाना। पूछताछ की रिपोर्ट मुझे चौबीस घण्टे में चाहिए। पता नहीं कोर्ट रिमांड देगी भी कि नहीं।'

आकाशदीप और दिलावर थाने से चले गये थे। ममता थानेदारनी ने ललिता हवलदारनी को निर्देश दिया था कि मधुमिता को चाकलेट खिलानी है। दुकान से ले आओ।

ललिता मधुमिता को बराबर वाले कमरे में ले गयी थी। हँसते हुए पूछा था–'कितनी चाकलेट खायेगी? देसी खायेगी या विदेशी।' मधुमिता चुप रही थी। ललिता ने मधुमिता को पेट के बल औंधे–मुँह ज़मीन पर लेटने के लिए कहा था। मधुमिता खड़ी रही थी। पीछे से ममता थानेदारनी आ गयी थी।

'सुना नहीं हवलदारनी ने क्या कहा है? नखरे मत कर। जैसा कहा है वैसा कर। नहीं तो वो गत बनाऊँगी कि तेरे पुरखे भी याद रखेंगे।' ममता की आवाज़ कड़क हो गयी थी।

ममता के इतना कहते ही दो सिपाहियों ने मधुमिता को ज़मीन पर पटक दिया था। दोनों हाथ कमर के पीछे बाँध दिये थे। दोनों टाँगों को एक कपड़े से बाँध कर ज़मीन पर औंधा लिटा दिया था। ललिता ने मधुमिता के कन्धों को पकड़ कर दबा लिया था। एक सिपाही ने बँधे हुए दोनों पैर पकड़ लिए थे। पचास किलो का लोहे का मूसल लेकर दो सिपाहियों ने औंधे मुँह लेटी मधुमिता के पैरों पर फेरना शुरू कर दिया था। फिर सीधा लिटाकर मूसल को घुटनों से लेकर पेट तक बार–बार चलाया था। मधुमिता कराह रही थी। मुँह में कपड़ा ठूँस दिया था ताकि आवाज़ बाहर न जाये। मैं ख़ुद पर शर्मिन्दा था। एक अकेली महिला पर इस तरह का अत्याचार देखकर मुझे पुलिस की जात पर गुस्सा भी आया था और रहम भी। दर्द के मारे मधुमिता मूर्च्छित हो गयी थी। ममता ने ललिता को आदेश दिया था–'गर्म पानी का प्याला दे दे इसे। साली नाटक कर रही है।'

होश में आते ही ललिता मधुमिता को लेकर ममता थानेदारनी के कमरे में आ गयी थी। ममता ने मधुमिता से कहा था–

'आज के लिए इतना ही बहुत है। कल तेरा दस दिन का रिमांड लेकर आऊँगी। अदालत में ज़ुबान बन्द रखना। ज़ुबान खोली तो तेरी शामत आ जायेगी। पत्रकारों से कोई बात नहीं करनी है। अपनी वकील को भी बता देना। जितनी ज़्यादा बहस करेगी, तेरी मुसीबतें उतनी ही बढ़ेंगी। मुँह ढ़ककर रखना। ललिता ले जा इसे। इसे समझा देना। बन्दी बन कर रहेगी तो इसके लिए अच्छा होगा। मुँह लड़ाने की कोशिश करेगी तो चमड़ी उधेड़ दूँगी। और सुन। मैं क्वाटर पर जा रही हूँ। गुरकादी का रिमांड ख़ुद ले लेना।' यह कहकर ममता थाने से चली गयी थी।

मैं विस्मित था। अभी तक मधुमिता से किसी ने एक प्रश्न भी नहीं पूछा था। अमानवीय यातनाओं के तीन दौर देखने के बाद भी

मेरी समझ में नहीं आ रहा था कि पुलिस वाले मधुमिता से क्या पूछना चाहते हैं? क्या पुलिस इसी को रिमांड़ लेना कहती है?

ललिता हवलदारनी गुरकादी बी को हवालात से निकालकर उसी यातनाघर में ले गयी थी, जहाँ पहले मधुमिता को ले जाया गया था। जो सब कुछ मधुमिता के साथ हुआ वही गुरकादी के साथ भी हुआ था।

पुलिस की इस प्रकार की कार्य–प्रणाली का मैं सदियों से गवाह हूँ। पुलिस क़ानून की रक्षा करने के लिए बनाया गया एक क़ानूनी तन्त्र है। परन्तु पुलिस अपनी भूमिका को लेकर सदैव भ्रमित रही है। उन्हें लगता है कि जिन्हें क़ानून नहीं सुधार पाया उन्हें ग़ैर–क़ानूनी तरीक़ों का प्रयोग करके सुधारने के लिए ही पुलिस बनायी गयी है। इन्सानों को सुधारने की जितनी ललक इस भू–भाग में दिखायी पड़ती है, दुनिया में कहीं और नहीं। स्कूलों में पीट–पीट कर बच्चों को सुधारने की मान्यता यहाँ अभी भी प्रचलित है। परिवार की इच्छा के विरुद्ध शादी करने वालों को तो जान तक गँवानी पड़ जाती है। अपराधियों को यातना देकर अपराध कबूल करवाना यहाँ सदियों की परिपाटी है। बेगुनाहों को गुनहगार साबित करने का अचूक मन्त्र वही है जो गुरकादी और मधुमिता पर प्रयोग किया जा रहा है।

ऐसा नहीं है कि इस प्रकार की ग़ैर–क़ानूनी गतिविधियों में शामिल पुलिस के सुधारक क़ानून की नज़रों से बच जाते हैं। क़ानून उन्हें पकड़ में लेता ज़रूर है, लेकिन व्यवस्था ही ऐसी है कि उन्हें समुचित दण्ड नहीं मिल पाता है।

अगले दिन सुबह आठ बजे ललिता हवलदारनी ने मधुमिता और गुरकादी को अदालत में जाने के लिए तैयार रहने का फ़रमान सुनाया था। ठीक नौ बजे ममता थानेदारनी ने हवालात का दरवाज़ा खुलवाकर अन्दर प्रवेश किया था। अदालत के तौर–तरीक़ों से मधुमिता को अवगत कराया था।

'ध्यान से सुनो। अदालत तुम्हारा मायका नहीं है, ससुराल की मानिन्द है। वहाँ अदब से पेश आना। नज़रें इतनी झुकी होनी चाहिए

कि पाँच गज के आगे कुछ दिखायी न दे। सिर और मुँह ढ़का होना चाहिए। पानी नहीं पीना है। वहाँ टायलेट नहीं है। खाना यहीं से खाकर जाना है। शाम तक कुछ नहीं मिलेगा। ज़ुबान हवालात में ही छोड़कर जानी है। हवालात में वापस आने तक यदि ज़ुबान चलाई तो हलक में से ज़ुबान खींच लूँगी। वकील को भी कुछ नहीं बताना है। जहाँ ललिता कहे वहाँ बैठना है। जहाँ वह कहे वहीं खड़े होना है।'

पुलिस की वैन में बैठाकर गुरकादी और मधुमिता को अदालत ले जाया गया था। वैन में एक तरफ़ दो पुरुष बन्दी बैठे थे और उनके सामने वाली सीट पर गुरकादी और मधुमिता बैठी थीं। दो पुरुष पुलिस वाले और ललिता हवलदारनी भी वैन में ही थे। एक पुरुष बन्दी ने मधुमिता को देखते ही मसख़री की थी–'जैसी टी.वी. वाले दिखा रहे थे उससे कहीं ज़्यादा क़ातिल है बे।' ललिता हवलदारनी ने सुन लिया था। एकदम गुर्रायी थी 'तमीज़ के साथ चुपचाप बैठ। नहीं तो ऐसा रिमांड़ लूँगी कि ... हाथ में आ जायेगी।'

पुरुष लाठी की मार से उतना नहीं डरता, जितना औरत की गाली से डरता है। पुरुष बन्दी चुप हो गया था। ललिता ने मधुमिता की तरफ़ देखते हुए कहा था– 'ऐसे मसख़रे अदालत में बहुत मिलेंगे। अगर कोई हाथ लगाने की हिमाकत करे तो पूरे ज़ोर से साले के पेट में कुहनी गाड़ देना।'

पुलिस वैन के अदालत में पहुँचते ही मीडिया के कैमरों ने मधुमिता और गुरकादी को घेर लिया था। हिदायत के अनुसार दोनों ने मुँह पर चुन्नी लपेट रखी थी। आठ–दस पुलिस वालों ने दोनों के चारों ओर घेरा बना लिया था। दो महिला पुलिसकर्मियों ने दोनों के हाथ पकड़कर धीरे–धीरे दौड़ना शुरू कर दिया था। अदालत की कार्यवाही में अभी देर थी। दोनों को बक्शीखाने* में बन्द कर दिया गया था।

---

*बक्शीखाना अदालत परिसर में बनायी गयी अस्थायी हवालात को कहते हैं। बन्दियों को थाने या जेल से लाकर यहाँ बन्द कर दिया जाता है। फिर उन्हें बारी–बारी से निकालकर अदालतों में पेश किया जाता है।

थोड़ी देर में ललिता हवलदारनी दौड़ी–दौड़ी आयी थी। मधुमिता और गुरकादी दोनों को हुक्म दिया था–'दोनों अपनी चुन्नी ओढ़कर ज़मीन पर दीवार के साथ लेट जाओ। मीडिया वाले कैमरा लेकर इधर ही आ रहे हैं। उन्हें भनक नहीं लगनी चाहिए कि बक्शीखाने के अन्दर कोई है।'

मधुमिता और गुरकादी ने हुक्म की तामील की थी। आमने–सामने की दीवारों के साथ सटकर दोनों चुन्नी ओढ़कर लेट गयी थीं।

मधुमिता की वकील राखी बक्शीखाने में आयी थी। वह मधुमिता से कुछ पूछताछ करना चाहती थी। राखी जी ने बक्शीखाने में नज़र दौड़ाई थी। उन्हें बक्शीखाने में इन्सानी हरकत नहीं दिखायी दे रही थी। उन्होंने ललिता हवलदारनी से मधुमिता के बारे में पूछा था। ललिता ने इशारे से बताया था कि मीडिया से बचने के लिए मधुमिता चुन्नी ओढ़े ज़मीन पर लेटी हुई है।

कैसी विडम्बना है? मधुमिता मीडिया को हर रोज़ मठ में बुलाकर मठ की गतिविधियों की जानकारी दिया करती थी। मीडिया उनके आकर्षक चेहरे को प्राइम टाइम में टी.वी. पर दिखाने में अपनी शान समझता था। वही मधुमिता आज मीडिया से मुँह छिपाने के लिए ज़मीन पर लेटने को मजबूर है।

ललिता हवलदारनी ने राखी जी को सलाह दी थी कि मधुमिता से बक्शीखाने में बात न की जाये। उसकी उपस्थिति का मीडिया को पता चल जायेगा। राखी जी वापस चली गयी थीं। वह भी चाहती थीं कि मधुमिता मीडिया की नज़र से जितना बच सके उतना ही अच्छा।

अदालत ने मधुमिता और गुरकादी को नौ दिन के रिमांड पर पुलिस हिरासत में भेज दिया था।

पुलिस हिरासत में मधुमिता और गुरकादी के साथ हुए दुर्व्यवहार का वृत्तान्त सुनकर नीता जी हतप्रभ रह गयी थीं। मधुमिता और नीता जी बहुत देर तक विचार करती रही थीं कि थानों और जेल के वातावरण को किस प्रकार महिलाओं के लिए सुरक्षित बनाया जा सकता है?

नीता जी के चले जाने के बाद गुरकादी ने मधुमिता जी से पूछा था–

'बीर जी से मिलने कब जाओगी? क्या उनके साथ कभी न्याय हो सकेगा?'

'राखी जी के बहुत समझाने पर बीर जी ने सुप्रीम कोर्ट में अपील दायर करने की अनुमति दे दी थी। अपील सुनवाई पर आ गयी है। उपासना दीदी कह रही थी कि वकील ने सारा केस पढ़ लिया है। कहता है इस केस में तो सज़ा ही नहीं होनी चाहिए थी। फिर भी अदालती कार्यवाही के बारे में कयास लगाना ठीक नहीं होगा। अगर सारे फ़ैसले वैसे ही होते जैसे आरोपित व्यक्ति सोचते हैं तो जेल की आधी आबादी बाहर होती।'

मधुमिता जी ने गुरकादी बी के पहले प्रश्न का उत्तर नहीं दिया था। बी ने प्रश्न फिर दोहराया था।

'बीर जी से मिलने कब जाओगी?'

'कभी नहीं' मधुमिता जी ने उत्तर दिया था।

'क्यों?' बी ने जानना चाहा था।

'जिस इन्सान को आस्था के मन्दिर में इष्ट देव की तरह स्थापित कर लिया हो उसे प्रतिष्ठा से गिरा हुआ देखकर मैं स्वयं को आहत नहीं करना चाहती। बीर जी आज भी मेरे मन–मस्तिष्क में आराध्य के रूप में विराजमान हैं। मैं उनसे वहीं मिल लेती हूँ। आप ही बताओ, क्या बीर जी को एक क़ैदी के लिबास में देखकर मन को सुकून मिलेगा?' यह कहकर मधुमिता जी चुप हो गयी थीं। लेकिन आस्था की मन्दाकिनी की पवित्रता को बड़ी सहजता से उन्होंने बी को समझा दिया था।

आस्था विश्वास की विषय–वस्तु है, तर्क की नहीं। आस्था को तर्क की कसौटी पर परखोगे तो कुछ भी हाथ नहीं लगेगा। आस्था तालाब में ठहरे हुए जल की तरह है जिसमें आत्म मन्थन के झोंकों से स्पन्दन पैदा करना तो ठीक है, तर्क–वितर्क के पत्थरों से हलचल पैदा करना नहीं। परन्तु आस्था के पथ पर आगे बढ़ने से पहले सभी प्रकार

से गुण–दोष की परख कर लेना ज़रूरी होता है। जाँच–पड़ताल के बाद आस्था के समुद्र में डुबकी लगा लेने वाले को पुनर्जन्म जैसा अनुभव होता है। आस्था उसके अस्तित्व की पहचान बन जाती है। ऐसी आस्था अस्तित्व के साथ ही मिट सकती है। यही कारण है कि विश्व के इस भू–भाग में आज भी वही हज़ारों वर्ष पुरानी संस्कृति जीवित है जिसके अनुयायियों के रोम–रोम में वैदिक आस्था के कण विद्यमान हैं। इस भू–भाग में जिसने भी लोगों की आस्था के साथ छेड़छाड़ करने की कोशिश की वह स्वयं नष्ट हो गया। इसलिए यहाँ के लोगों की आस्था पर चोट करने से हमेशा बचना। यह सोचने की भूल कभी मत करना कि तुम लोगों की आस्था को बदल सकते हो।

आस्था को धर्म का प्रतिरूप मान लेना भी ग़लत होगा। आस्था संस्कृति में समाहित होती है। धर्म आस्था का एक छोटा–सा अवयव है। एक धर्म के अनुयायियों की संस्कृतियाँ अलग–अलग हो सकती हैं। आस्था सर्वव्यापी है, धर्म एक भू–भाग की मान्यताओं का प्रतिबिम्ब है। धर्म मिट सकता है, संस्कृतियाँ आबाद रहती हैं। आस्था व्यक्तिगत एहसास और मान्यताओं की विषय–वस्तु है।

अँधेरा हो गया था। मधुमिता जी बी को उनके कमरे तक छोड़ने गयी थीं। वापस जब अपने कमरे में आयीं तो टी.वी. पर आर्यवृर्त में भारी प्रशासनिक फेरबदल की ख़बर चल रही थी। आकाशदीप को नया डी.जी. जेल और दिलावर सिंह को आई.जी. जेल लगाया गया था।

अगले ही दिन आकाशदीप ने डी.जी. जेल का कार्यभार सँभाल लिया था। मधुमिता जी के निजी सचिव से औपचारिक मुलाक़ात करने का समय निर्धारित करके आकाशदीप मन्त्रालय में मधुमिता जी से मिलने के लिए आये। निजी सचिव के कमरे में आकर बैठ गये थे। बेचैन से नज़र आ रहे थे–

'मैडम का मूड कैसा है, पी.एस. साहब?' आकाशदीप ने निजी सचिव से पूछा था।

'मैडम का मूड तो हमेशा अच्छा रहता है साहब। इतनी हँसमुख और सकारात्मक सोच की मन्त्री हमने आज तक नहीं देखी है।' पी.एस. ने उत्तर दिया था।

मधुमिता जी ने आकाशदीप को अन्दर बुला लिया था। आकाशदीप ने दोनों पैरों की एड़ियों को खटाक के साथ भिड़ाते हुए कड़क सैल्यूट मारा था–'जय हिन्द सर... मैडम'।

'जय हिन्द आकाशदीप जी, बैठिए।' आकाशदीप मधुमिता के सामने कुर्सी पर बैठ गये थे।

'कहिए ! कैसे आना हुआ?' मधुमिता जी ने पूछा था।

'मैंने आज डी.जी. जेल का कार्यभार सँभाल लिया है मैडम। आपसे आशीर्वाद लेने आया हूँ।' आकाशदीप ने बातों का सिलसिला शुरू किया था।

विडम्बना देखिये। जिनको जेल की हवा खाने भेजा था, आज उन्हीं से आशीर्वाद माँगना पड़ रहा है। यही लोकतन्त्र की महिमा है।

'आप कभी पहले जेल में तैनात रहे हैं?' मधुमिता जी ने पूछा था।

'नहीं। जेल में मेरी पहली पोस्टिंग है। अभी तक तो लोगों को जेल भेजते रहे हैं। अब जेल में उनके रख–रखाव की ज़िम्मेदारी भी सरकार ने सौंप दी है।' आकाशदीप ने मुस्कराते हुए कहा था।

'ठीक ही तो किया है सरकार ने। अब आपको सही से पता चलेगा कि कितने बेगुनाहों को पुलिस जेल भेजती है।' मधुमिता जी गम्भीर हो गयी थीं।

'बेगुनाहों को तो जेल नहीं भेजा जाता मैडम। कुछ वक़्त के मारे होते हैं और कुछ पुलिस की मजबूरी का शिकार हो जाते हैं।' आकाशदीप ने बड़ी चतुराई से उत्तर की दिशा बदलने की कोशिश की थी।

'वक़्त' का ज़िक्र सुनते ही मेरे कान खड़े हो गये थे। इन्सान जब निरुत्तर होता है वक़्त पर तोहमत लगाकर अपना पिंड छुड़ाने की कोशिश करता है। 'वक़्त की मार' जैसी कोई चीज़ नहीं होती। विधाता ने मुझे केवल मूक–दर्शक बने रहकर लगातार चलने के लिए गढ़ा है।

न मैं किसी को मार सकता, न ही किसी को कुछ दे सकता हूँ। फिर भी अपने पापों का ठीकरा मेरे सिर फोड़कर चतुर सुजान मुझे बदनाम करते रहते हैं। भूल जाते हैं कि मैं सर्व–विद्यमान हूँ। सब कुछ देखता हूँ।

आकाशदीप ने भी दूसरे पुलिस अधिकारियों की तरह पुलिस की मजबूरी का रोना रोकर अपने कुकृत्यों पर शर्मिन्दा होने की बजाये अपने आपको निरीह साबित करने की कोशिश की थी। पुलिस अधिकारी अपने तरकश में हर प्रकार के तीर और कवच सुरक्षित रखते हैं। सत्ता परिवर्तन होते ही यथा–योग्य तीर चलाते हैं और मजबूरी का कवच ओढ़कर उसी प्रकार अपराध–बोध से मुक्ति पाने की लीला करते हैं जैसे कोई पापी गंगा में डुबकी लगाकर पाप–मुक्त होने का उपक्रम करता है। लेकिन मैं समद्रष्टा हूँ। काल के कपाट पर सबका किरदार हू–ब–हू उकेरता हूँ ताकि समय आने पर सबको अपने–अपने कर्म–लेख पढ़ने के लिए इधर–उधर न भटकना पड़े। आज आकाशदीप के कर्म–लेख उसके सामने प्रश्न बनकर खड़े थे।

'मैं तो अपनी बात कर रही हूँ डी.जी. साहब। मैं न तो वक़्त की मारी थी और न ही उस दिन आप मुझे मजबूर नज़र आये थे जब थाने के यातना–गृह में आपने कुछ भी सुनने से मना कर दिया था। आप मठ में आते ही कहा करते थे–'आपके दर्शन होने से मेरा दिन बहुत अच्छा गुज़रता है।' क्या उस दिन थाने में मेरी दुर्दशा देखकर आपका दिन अच्छा गुज़रा था? सही बताओ आकाशदीप, उस दिन थाने में एक मर्द की घायल चाहत अपने घावों पर इश्क़ के उपहास का लेप लगाने आयी थी या फिर चाहत का कोई नया अंकुर फूट आया था?' मधुमिता जी का चेहरा गुस्से से लाल हो गया था।

'उसमें मेरा कोई कसूर नहीं था मैडम। यह सही है कि मठ में आपसे हुई पहली मुलाक़ात मेरे लिए प्रेरणादायक थी। अगर आप बुरा न मानो तो मैं विस्तार से बता सकता हूँ।' आकाशदीप ने अपने अन्तिम तीर से अचूक निशाना लगाने की कोशिश की थी।

जब मर्दों की चोरी पकड़ी जाती है तो वे बेचारगी का आवरण ओढ़कर अपना बचाव करने के लिए निकल पड़ते हैं। इस उम्मीद में कि एक बेचारगी ओढ़े हुए मर्द पर स्त्री तरस खाकर उसके अवगुणों को चित्त नहीं धरेगी। उतावलेपन के कारण ऐसे मर्दों की बुद्धि पर अविवेक हावी हो जाता है। आकाशदीप की हालत भी ऐसे ही अविवेकी इन्सान की तरह हो गयी थी जो झूठ के सहारे अपना बचाव कर रहा था।

'पहले प्यार में ठोकर खाने के बाद मुझे स्त्री–जाति से नफ़रत हो गयी थी। आपसे पहली बार मिलकर लगा कि मेरी सोच ग़लत थी। आपके दर्शन मात्र से मेरा आत्मविश्वास बढ़ता था। पता नहीं आपने महसूस किया था या नहीं, मैं आपमें अपना भविष्य देखने लग गया था। अम्बिकापुर से ट्रांसफ़र हो जाने के बाद मैंने कई बार आपसे मिलने की कोशिश की। पर मेरे सहपाठी मित्र डॉक्टर नीरज ने मुझे समझा दिया था कि आप मठ को समर्पित सच्ची साध्वी हैं। मैंने अपनी राह बदल ली थी।'

मैं आश्चर्यचकित था। आकाशदीप एकतरफ़ा चाहत का अफ़साना सुनाकर क्या साबित करने की कोशिश कर रहा था?

'उस दिन थाने में जब मैं आपसे मिला तो आपको बताना चाहता था कि आप षड्यन्त्र का शिकार हुई थीं। लेकिन अकेले में आपसे बात करने का मौक़ा ही नहीं मिला था।' आकाशदीप के मुँह से षड्यन्त्र का जिक्र सुनकर मधुमिता जी चौकस हो गयी थीं।

'षड्यन्त्र, कैसा षड्यन्त्र?' मधुमिता जी ने पूछा था।

'षड्यन्त्र, वही षड्यन्त्र जिसके चलते आपको हिंसा का एक मात्र दोषी बनाकर जेल में डाला गया था।' आकाशदीप ने उत्तर दिया था।

'बीर जी को सज़ा होने के बाद, हर कोई कह रहा था कि आप मठ की सर्वेसर्वा होंगी। विपक्षी पार्टियाँ मठ की सत्ता नष्ट करने की फिराक में थीं। सत्ता–पक्ष अपने हिमायती को मठ में सत्तासीन कराना चाहता था। सत्ता और पैसे के खेल में आप मात खा गयी थीं।

मठ के प्रति आपकी अटूट श्रद्धा और निष्ठा आपके लिए अभिशाप बन गयी थी। भूरे लाल अब रिटायर हो चुके हैं। सारे षड्यन्त्र के सूत्रधार वही थे। मुझे इस षड्यन्त्र का पता था। लेकिन मैं मजबूर था।' आकाशदीप अपनी बेचारगी का बखान करता जा रहा था।

जो कुछ आकाशदीप ने बताया, सच था। मैं उसका साक्षी हूँ। आइए, आकाशदीप के मुँह से ही सुनते हैं कि वह अपनी मजबूरी को किन–किन कहारों की पालकी में बिठा रहा था।

'मुझे भूरे लाल ने बुलाया था। एक फ़ाइल दिखायी थी जिसमें मेरे ख़िलाफ़ पाँच शिकायतें थीं। कुछ शिकायतें झूठी थी और कुछ सच्ची। इसके बाद भूरे लाल जी ने कहा कि यदि मैं आपको गिरफ़्तार कर लूँ तो मेरी फ़ाइल बन्द कर दी जायेगी और मेरी रुकी हुई तरक़्क़ी भी करवा दी जायेगी। अपने स्वार्थ की ख़ातिर मैं सच के रास्ते से भटकने को मजबूर हो गया था। मेरी जगह कोई भी होता शायद वह भी ऐसा ही करता।'

यह कहते–कहते आकाशदीप ने अपने सिर से कैप उतार कर मधुमिता जी के सामने रख दी थी।

'यह कैप अब आपकी रहमत की क़र्ज़दार है। अगर आप कहेंगी तो इसे पहनूँगा, नहीं तो इस्तीफ़ा देकर आज ही घर चला जाऊँगा। दो साल की नौकरी अभी बाक़ी है। समझ लूँगा दो साल पहले रिटायर हो गया।'

आकाशदीप फ़रेब कर रहा था। अगर वह आज इस्तीफ़ा देकर घर जाने की बात कह रहा है तो उस दिन ऐसा क्यों नहीं करने की सोची थी जब एक षड्यन्त्र का हिस्सा बनकर उसने मधुमिता जी को बेगुनाह होते हुए भी गिरफ़्तार करवाया था?

मधुमिता जी सब कुछ सुनकर शान्त हो गयी थीं। आकाशदीप ने उनके शक को यक़ीन में बदल दिया था। वह सोच में पड़ गयी थी।

'ठीक है डी.जी. साहब। अपनी कैप पहन लीजिए। इस कैप पर आई.पी.एस. लिखा है। यह उसी के सिर पर विराजमान होनी चाहिए जिसने इसे पहनने का हक़ अर्जित किया है। यह बात दीग़र है कि

जिस–जिस सिर पर यह कैप पहनी गयी है वह प्रत्येक सिर इस इज़्ज़त के क़ाबिल नहीं है। इसे आपसे छीनने वाली मैं कौन होती हूँ? आगे इतनी उम्मीद ज़रूर रखती हूँ कि अपना किरदार ऐसा रखना कि फिर इस कैप को किसी के रहमो–कर्म की मोहताज न बनना पड़े। वे ख़ुशनसीब होते हैं जिन्हें यह कैप पहनने का हक़ मिलता है। इस कैप पर लगे ताज की गरिमा बनाये रखना एक बहुत बड़ी ज़िम्मेदारी होती है। इस ज़िम्मेदारी को हमेशा निभाना।'

मधुमिता जी ने आकाशदीप को एक तरह से अभय–दान दे दिया था। आकाशदीप ख़ुश था कि उसने हारी हुई बाज़ी फिर से जीत ली है।

'एक बात का और खुलासा करोगे डी.जी. साहब? क्या अम्मा आशामई को मठ के ख़िलाफ़ किये गये षड्यन्त्र की जानकारी थी?' मधुमिता जी ने आकाशदीप से आख़िरी प्रश्न पूछा था।

एक बार फिर आकाशदीप की कठिन परीक्षा की घड़ी आ गयी थी। मुझे मालूम है आकाशदीप उन दिनों अम्मा की रसोई तक की ख़बर रखते थे। इतने विश्वास–पात्र थे कि अम्मा पुलिस के बारे में कोई भी फ़ैसला लेने से पहले आकाशदीप से ज़रूर पूछती थी।

आकाशदीप एक मँजे हुए पुलिस अधिकारी थे। उनके साथी अधिकारीगण उनकी सही समय पर गुलाटी मारने की दक्षता के क़ायल थे। पूरी सर्विस के दौरान कुल मिलाकर साल भर भी खुड्डे लाइन नहीं रहे हैं। उनके शब्दों की चासनी इतनी मीठी होती है कि दुश्मन भी रसास्वादन करने से नहीं चूकता। ख़ुशामद करने में इतने पारंगत हैं कि जो ठान लिया उसे हमेशा पाया है। मौक़े के सीनियर अफ़सर को उन्होंने हमेशा भगवान माना है। बाद में मौक़ा मिलते ही उस सीनियर अफ़सर को फिर से इन्सान होने का एहसास कराने में भी कभी चूक नहीं की है। अपने रास्ते के काँटे हटाकर पता नहीं कितनों के रास्ते में फेंके हैं। चुगली की अँगुली पकड़कर पता नहीं कितने साथी अधिकारियों को ख़ून के आँसू रोने पर मजबूर किया है। आज देखते हैं आकाशदीप मधुमिता जी के प्रश्नों के चक्रव्यूह से कैसे निकलते हैं?

'अम्मा आशामई का तो पता नहीं मैडम। पर भूरे लाल जी का ही सब कुछ करा–धरा था। और लोग कहते थे कि ऐसी कोई बात नहीं जो भूरे लाल को पता हो और अम्मा को न पता हो।' मधुमिता जी सन्तुष्ट नज़र आयी थीं।

'ठीक है डी.जी. साहब। अपना काम सँभालो। जल्दी ही मीटिंग करके आगे की रूपरेखा तैयार कर लेंगे।' मधुमिता जी से निर्देश लेकर आकाशदीप चले गये थे। यह साबित कर गये थे कि राज–काज की विधा में उनका कोई सानी नहीं है।

मधुमिता जी असमंजस में पड़ गयी थी। उनके मन में विचार–मन्थन शुरू हो गया था। फ़ैसला नहीं कर पा रही थी कि आकाशदीप द्वारा बताये गये षड्यन्त्र के बारे में अम्मा आशामई से पूछा जाये या नहीं?

आकाशदीप ने जिस तरह से अपने आपको पाक–साफ़ साबित करने के लिए दूसरों पर दोषारोपण किया था उससे मुझे आश्चर्य नहीं अफ़सोस हुआ था। आश्चर्य इसलिए नहीं कि आजकल के ज़्यादातर अधिकारियों का किरदार आकाशदीप के किरदार से मेल खाता है। अधिकतर बड़े ओहदेदार अपने स्वार्थ की ख़ातिर किसी के साथ भी फ़रेब करने से नहीं चूकते। पद की गरिमा और व्यक्तिगत चरित्र के मापदण्डों पर बिरले अधिकारी ही खरे उतरते हैं। जब आकाशदीप ने कहा था–'अपने स्वार्थ की ख़ातिर मैं सच के रास्ते से भटकने को मजबूर हो गया था। मेरी जगह कोई भी होता शायद वह भी ऐसा ही करता', मैं काल खण्ड के उस भाग पर दृष्टिपात करने के लिए मजबूर हो गया था जब सरदार पटेल ने अखिल भारतीय सेवा के अधिकारियों की भूमिका की व्याख्या करते हुए उन्हें प्रशासनिक व्यवस्था का 'स्टील फ्रेम' बताया था। आकाशदीप ने तो यह भी प्रमाण–पत्र दे दिया था कि सभी अधिकारी उस जैसे ही हैं। आकाशदीप की यह टिप्पणी यदि सही है तो इससे एक ही अनुमान लगाया जा सकता है कि पटेल का 'स्टील फ्रेम' मात्र एक धागा बनकर रह गया है। धागा उतना ही कड़क होता जितना उसे कसा जाता है।

कसावट ख़त्म होते ही धागा निर्जीव की तरह ढह जाता है। लेकिन यहाँ तो अपने आत्मसम्मान के साथ–साथ प्रशासनिक सेवाओं की मर्यादा को भी मिट्‌टी में मिलाकर आकाशदीप फिर सिर ऊँचा करके वापस चले गये थे। अपनी कुर्सी बचा ली थी।

'मैडम जेल के नये आई.जी. दिलावर सिंह आये हैं।' पी.एस. ने टेलीफ़ोन पर मधुमिता जी को सूचना दी थी।

'उन्हें अन्दर भेज दो।' मधुमिता जी ने आदेश दिया था।

'जयहिन्द मैडम' दिलावर सिंह ने अभिवादन किया था।

'जयहिन्द, बैठिए आई.जी. साहब।' मधुमिता जी ने कहा था।

दिलावर सिंह ने मधुमिता जी के सामने रखी कुर्सी पर आसन ग्रहण कर लिया था। कमरे में सन्नाटा था। दिलावर सिंह के सामने गुज़रे हुए कल की घटनाएँ चलचित्र की तरह सामने आ रही थीं। उन्हें याद आया था कि मधुमिता ने थाने में उनसे गुहार लगाकर उस पर हो रहे अत्याचार को रोकने के लिए कहा था।

'कहिए आई.जी. साहब, कैसे आना हुआ?' मधुमिता जी ने पूछा था।

'मैंने आज ही आई.जी. जेल का कार्यभार सँभाला है मैडम। मैं आपसे आशीर्वाद लेने आया हूँ।' दिलावर सिंह के शब्दों में एक याचक की दीनता साफ़ झलक रही थी।

'आशीर्वाद तो हम सभी को अपने–अपने इष्ट देव से माँगना चाहिए आई.जी. साहब। बन्दा किसी को क्या दे सकता है?' मधुमिता जी ने कहा था।

'वो तो ठीक है मैडम, लेकिन सीनियर अधिकारी तो माई–बाप होते हैं। उनका आशीर्वाद भी ज़रूरी होता है।' दिलावर सिंह ने फिर याचना की थी।

'मैं ऐसा नहीं मानती, दिलावर सिंह जी। अधिकारियों का माई–बाप देश का संविधान और क़ानून होता है। संविधान को हाज़िर–नाजिर मानकर ही उन्हें अपना काम करना चाहिए। अगर आप क़ानून के अनुसार अपना काम करते हो तो किसी के आशीर्वाद की ज़रूरत नहीं होती।' मधुमिता जी ने दिलावर सिंह को याद दिलाया था।

'वो सब ठीक है मैडम। फिर भी सीनियर अधिकारी की कृपा–दृष्टि तो होनी ही चाहिए। वरना काम करने में आनन्द नहीं आता।'

दिलावर सिंह मानने वाले नहीं थे। उन्होंने ठान लिया था कि जब तक मधुमिता जी आशीर्वाद नहीं देंगी वह याचक बने रहेंगे। मधुमिता जी चुप रही थीं। कमरे में फिर सन्नाटा छा गया था। कुछ देर बाद दिलावर सिंह ने नीरवता तोड़ते हुए कहा था–

'बुरा न मानें तो एक बात और कहना चाहता हूँ मैडम। आपके साथ थाने में जो कुछ हुआ था उसमें मेरा कोई कसूर नहीं था। मैं तो एक मोहरा था। कठपुतली की तरह नाच रहा था जिसकी डोर भूरे लाल और आकाशदीप जी के हाथ में थी। मैंने तो उन्हें रोका था।'

'कोई बात नहीं दिलावर सिंह जी। कम–से–कम आपने मान तो लिया कि मेरे साथ ग़लत हुआ था। आगे किसी के भी साथ ऐसा न होने देना। आपके कन्धे पर बैठा अशोक चक्र आपको शायद यही याद दिलाता होगा कि सत्यनिष्ठा के साथ से निडर होकर अपना काम करो। मेरे साथ जो हुआ था उसे भूल जाओ। मैंने जो भुगता वह मेरा प्रारब्ध था। आपने जो किया उसे आप भुगतेंगे। हर किसी को अपने कर्मों का हिसाब देना पड़ता है।' मधुमिता जी ने दिलावर सिंह को गीता का पाठ सहज ही पढ़ा दिया था।

दिलावर सिंह व्यथित हो गया था । उसे उसके कर्मों ने घेर लिया था। इस दुविधा में पड़ गया था कि पता नहीं किस प्रकार मधुमिता जी उसके कर्मों का हिसाब चुकता करेंगी? उसे अपने मास्टर बुधराम शर्मा की कहावत बार–बार याद आ रही थी। बुधराम जी प्राइमरी स्कूल में बच्चों को कहते थे कि जब आप ख़ुद की ख़ातिर या किसी और के कहने से किसी का अपमान करते हैं तो उस समय आप अपना सम्मान खो रहे होते हैं। दिलावर सिंह को पछतावा हो रहा था।

'मैं आपको विश्वास दिलाता हूँ मैडम। किसी के साथ कभी भी किसी को ऐसा व्यवहार नहीं करने दूँगा जैसा आपके साथ हुआ था। इस बार माफ़ कर दो।' दिलावर सिंह ने आत्म–सम्मान गिरवी रख दिया था। मधुमिता जी ने गरिमा दिखाते हुए इतना ही कहा था–

'ठीक है दिलावर सिंह जी। जाओ, और अपना काम ठीक से करो।'

दिलावर सिंह वापस चला गया था। दिलावर सिंह ने जिस प्रकार का व्यवहार किया मेरे लिए वह कोई नयी बात नहीं थी। ऐसे अनेक अवसरों का मैं साक्षी रहा हूँ। बहुत बड़े–बड़े अफ़सरों को मैंने यूँ ही गिड़गिड़ाते हुए देखा है। अफ़सरी और गुलामी अब पर्यायवाची कहे जा सकते हैं। फिर भी हर कोई अफ़सर बनना चाहता है। मातहतों को अपना गुलाम बनाकर अपने से वरिष्ठ की गुलामी करना अफ़सरी की पहली पहचान बन गयी है। जी हुजूरी करना और जी हुजूरी करवाना ही अफ़सरी का मतलब रह जायेगा ऐसा कभी किसी ने सोचा भी नहीं होगा।

अगले दिन मधुमिता जी ज़िला कष्ट निवारण समिति की बैठक की अध्यक्षता करने विराट नगर गयी थीं। विराट नगर की पुलिस अधीक्षक ममता ने मधुमिता जी की अगवानी की थी। पुलिस गार्द की सलामी लेने के बाद मधुमिता जी ने ममता जी से पूछा था।

'आपको पहले कहीं देखा है एस.पी. साहिबा।'

'जी हाँ मैडम, जब आपको बेकसूर होते हुए भी गिरफ़्तार करवाया गया था मैं उस समय उस थाने की प्रबन्धक थी।' ममता जी ने बताया था।

पुलिस द्वारा दी गयी यातना के घाव फिर से हरे हो गये थे। मधुमिता जी चुप रही थीं। मीटिंग में पहली ही शिकायत लीना कुट्टी की थी जिसमें उसने पुलिस की शिकायत की थी कि उसे थाने में बेरहमी से पीटा गया था और तरह–तरह से यातनाएँ दी गयी थीं। डी.एस.पी. ने रिपोर्ट पढ़ कर सुनायी थी जिसमें आरोपों को झूठा और बेबुनियाद बताया गया था। रिपोर्ट सुनकर लीना कुट्टी भरी सभा में फूट–फूटकर रोने लगी थी–

'डी.एस.पी. झूठ बोल रहे हैं मैडम जी। थाने में मुझे पीट–पीट कर अधमरा कर दिया गया था। मेरे पास मैडिकल रिपोर्ट भी है।' यह कहते हुए लीना ने मेडिकल रिपोर्ट मधुमिता जी के सामने रख दी थी।

मधुमिता जी ने मेडिकल रिपोर्ट ममता एस.पी. की तरफ़ खिसकाते हुए पूछा था–

'क्या यह मेडिकल रिपोर्ट झूठ है एस. पी. साहिबा?'

ममता ने रिपोर्ट पर नज़र डालते ही कहा था–

'बिल्कुल झूठ है मैडम। थाने में पुलिस किसी की पिटाई नहीं करती। और महिला की पिटाई करने का तो प्रश्न ही नहीं उठता। यह महिला झूठ बोल रही हैं।'

मधुमिता जी ने ममता एस.पी. को धीरे–से कहा था–

'ज़रा मेरी आँखों में आँखें डालकर तो कहो एस.पी. साहिबा कि थाने में किसी महिला की पिटाई नहीं की जाती।'

ममता एस.पी. ने मधुमिता जी की तरफ़ देखा था। एस.पी. साहिबा मधुमिता जी से आँखें नहीं मिला पायी थीं। धीरे–से कहा था–

'आप आज्ञा दें तो इसकी और आगे जाँच करवा देते हैं मैडम।'

मधुमिता जी ने ज़िलाधीश गौरी राव को आदेश दिया था कि लीना कुट्टी की शिकायत की जाँच किसी आई.ए.एस. अफ़सर से करवाई जाये।

मीटिंग के बाद ज़िलाधीश गौरी राव, एस.पी. ममता और मधुमिता जी सर्किट हाउस में दोपहर के भोजन के लिए पहुँच गयी थीं। कमरे में तीनों महिलाएँ ही थीं। ममता अधीर थी। वह असहज भी थी क्योंकि मधुमिता जी ने पहचान लिया था कि ममता एस.पी. वही ममता थानेदारनी है जिसने चौदह वर्ष पहले थाने में उसकी दुर्गति की थी। अपराध बोध से ग्रस्त ममता ने अपने मन का बोझ कम करने में जल्दबाज़ी दिखायी थी।

'आपके साथ थाने में जो कुछ हुआ था उसके लिए मैं कतई ज़िम्मेदार नहीं हूँ मैडम। उस समय के एस.पी. दिलावर सिंह और आई.जी आकाश दीप ने सब कुछ करवाया था। हर घण्टे मुझसे फ़ोन पर रिपोर्ट लेते थे। मैं तो बहुत छोटी–सी कर्मचारी थी। अफ़सरों का हुक्म न मानती तो भी जीना मुश्किल था, हुक्म मान लिया तो अब और बड़ी मुसीबत में फँस गयी हूँ। मुझे आपका ही सहारा है मैडम। मुझे माफ़ कर देना।'

ज़िलाधीश गौरी राव की समझ में कुछ नहीं आया था। वह आश्चर्यचकित थी कि अपने मातहतों और जनता पर शेरनी की तरह गुर्राने वाली ममता एस.पी. क्यों एकदम भीगी बिल्ली बन गयी थी। मधुमिता जी ने बस इतना कहा था–

'सीनियर अफ़सरों का हुक्म तो मानना ही चाहिए एस.पी. साहिबा, लेकिन किसी का ग़ैर–क़ानूनी हुक्म मानने के लिए आप बाध्य नहीं हैं। आप एक महिला हैं। समाज एक महिला पुलिस अधिकारी से सभ्य और शालीन व्यवहार की अपेक्षा रखता है। आप लोगों ने मेरे साथ जो व्यवहार किया था अगर मैं उसका वर्णन करूँ तो कोई विश्वास नहीं करेगा कि कोई महिला थानेदार इतनी क्रूर भी हो सकती है। मेरे शरीर के घाव मिट गये हैं ममता जी लेकिन आत्मा आज भी रो रही है। किसी और महिला के साथ कभी ऐसा व्यवहार न ख़ुद करना और न अपने मातहतों को करने देना। मुझे आपसे बस इतना ही कहना है। आइए! खाना लीजिए।'

मैं मधुमिता जी की शालीनता और समझदारी का कायल हो गया था। आपके प्रयास से यदि रास्ता भटके हुए लोग सुधर जायें तो इससे बड़ा सत्कर्म कोई और नहीं हो सकता। जो अपने अपराधी को भी माफ़ कर दे उससे बड़ा कोई सन्त नहीं होता। अपमान का विष पीने वाला व्यक्ति ही सच्चा धीर है। भूत को पीछे छोड़ कर निरन्तर आगे बढ़ जाने वाला ही प्रगतिशील है।

मधुमिता जी वापस देवीनगर लौट आयी थीं। घर आते ही अम्मा आशामई का सन्देश मिला था। मुख्यमन्त्री जी ने मधुमिता जी को शाम को घर पर खाने के लिए बुलाया था। मधुमिता जी अम्मा आशामई के निवास पर पहुँच गयी थीं। खाने की मेज़ पर केवल अम्मा और मधुमिता जी ही थीं। औपचारिकताओं के साथ भोजन परोसा गया था। भोजन उपरान्त अम्मा और मधुमिता जी चाय पीने बैठ गये थे। बात ही बात में अम्मा ने कहा था–

'आज आकाशदीप, डी.जी. जेल, और दिलावर सिंह, आई.जी. जेल, मिलने आये थे। बहुत डरे हुए थे। चौदह वर्ष पहले थाने में आपके साथ

हुए दुर्व्यवहार पर सफ़ाई दे रहे थे। कह रहे थे भूरे लाल के कहने पर ही आपके ख़िलाफ़ कार्रवाई की गयी थी। आपके साथ जो कुछ भी हुआ बहुत ग़लत था। ऐसा किसी के साथ भी नहीं होना चाहिए। मैं भी एक औरत हूँ। जब मैंने यह सुना कि आपको थाने में अमानवीय यातनाएँ दी गयी थीं तो मेरा ख़ून खौल गया था। पुलिस औरतों को ऐसी यातनाएँ कैसे दे सकती है? मधुमिता मुझे इसका बिल्कुल पता नहीं था।' अम्मा आशामई बचाव की मुद्रा में नज़र आयी थी।

अम्मा को क्या वास्तव में नहीं पता था कि मधुमिता जी के साथ क्या हुआ था? यह जानने के लिए काल खण्ड के उस भाग पर नज़र डालना ज़रूरी हो गया है। भूरे लाल अम्मा आशामई को दैनिक खुफ़िया सूचना सार पढ़कर सुनाने के बाद मन्त्रणा कर रहे थे। भूरे लाल बता रहे थे–

'हिंसा का सारा षड्यन्त्र मधुमिता ने रचा था। पाह जी ने बीर जी को पचास साल के लिए मठ का प्रमुख बनाया था। पचास साल का समय तीन वर्ष बाद पूरा हो जायेगा। मधुमिता चाहती है कि बीर जी मठ की कमान उसको सौंप दें। उपासना दीदी चाहती है कि उसे ही मठ की कमान मिले। दोनों में इस बात को लेकर टकराव है। हमारे हित में यह है कि उपासना दीदी ही डेरे की कमान सँभालें। उसकी विचारधारा हमारी विचारधारा से मेल खाती है। पिछले चुनाव में उसी ने हमें समर्थन दिलाया था।' भूरे लाल ने अम्मा आशामई को आश्वस्त कर दिया था कि उनके राजनीतिक हित उपासना दीदी के साथ ही सुरक्षित हैं।

'लेकिन मेरी जानकारी के अनुसार बीर जी तो मधुमिता को मठ की कमान देना चाहते हैं। मधुमिता को संगत का समर्थन भी है, ऐसा बताया जा रहा है। ऐसे में मधुमिता को कैसे रोका जायेगा?' अम्मा ने पूछा था।

'भूरे लाल ने बत्तीस साल ऐसे ही ख़राब नहीं किये हैं मैडम! ऐसा दाँव लगाऊँगा कि सब देखते रह जायेंगे। आप सब कुछ मुझ पर छोड़ दो।' भूरे लाल ने अम्मा को आशा बँधाई थी।

'ठीक है। उपासना दीदी तक यह सन्देश भिजवा दो। उन्हें अपने समर्थन की बात समझा दो। योजना गुप्त रहे।' अम्मा ने भूरे लाल को पूरी छूट दे दी थी।

अम्मा ठीक कह रही थी कि उसे मधुमिता को दी गयी यातनाओं के बारे में पता नहीं था। भूरे लाल ने अम्मा को यह तो बताया था कि मधुमिता को किस प्रकार मुक़दमे में फँसाया गया है, परन्तु यह नहीं बताया था कि मधुमिता को थाने में किस प्रकार की यातनाएँ दी गयी थीं।

मधुमिता जी ने अम्मा को विस्तार से बताया था कि उसे किस–किस तरह की यातनाएँ दी गयी थीं। अम्मा ने सब कुछ चुपचाप सुना था। फिर अचानक खड़े होकर अम्मा ने मधुमिता को गले से लगा लिया था।

'तेरा सत्यानाश हो भूरे लाल! एक औरत को अमानवीय यातना देने वाला कभी सुखी नहीं रह सकता।' अम्मा ने मधुमिता को सान्त्वना दी थी।

'मेरे साथ जो कुछ भी हुआ वह मैंने भुगत लिया है अम्मा जी।' हम दोनों औरत हैं। आपके हाथ में आर्यावर्त की कमान है। हमें ऐसा कुछ ज़रूर करना चाहिए कि आइन्दा किसी औरत को थाने में इस प्रकार यातनाएँ न दी जा सकें जैसी मुझे दी गयी थीं।' मधुमिता जी ने अम्मा को सलाह दी थी।

अम्मा ने मधुमिता जी के प्रस्ताव पर हामी भरी थी। खाना खाने के बाद मधुमिता जी वापस चली गयी थीं। अम्मा ने अपने पी.ए. को भूरे लाल से बात करवाने के लिए कहा था। पी.ए. ने भूरे लाल को टेलीफ़ोन लाइन पर लेकर अम्मा को बताया था। अम्मा का चेहरा गुस्से से तमतमा रहा था।

'भूरे लाल! मधुमिता को थाने में यातना देने के आदेश किसने दिये थे? एक औरत को थाने में इस प्रकार की यातनाएँ देने के आदेश देते समय तुम्हें तनिक भी यह ख़्याल नहीं आया कि तुम्हें जन्म देने वाली भी एक औरत थी। तुम इन्सान के रूप में राक्षस हो।

ऐसा कुछ करने से पहले मुझे क्यों नहीं बताया गया? तुम तो यहाँ तक कहा करते थे कि तुम्हारी हर साँस पर मेरा अधिकार है।' अम्मा ने भूरे लाल को खरी–खोटी सुनायी थी।

'माफ़ी चाहता हूँ अम्मा जी। मैं तो आज भी यही कहता हूँ कि मेरी हर साँस पर आपका ही अधिकार है। मैं ज़िन्दगी भर आपका गुलाम रहूँगा। मधुमिता के साथ जो कुछ हुआ उसके लिए दिलावर सिंह और आकाशदीप ज़िम्मेदार थे। मधुमिता को डरा–धमका कर दोनों ने बहुत बड़ा खेल किया है। मुझे भी बाद में पता लगा था। दोनों ने झूठी कहानी गढ़कर आपको और मुझे धोखा दिया है ताकि उनका भ्रष्टाचार छिपा रहे। मुझे माफ़ कर दो अम्मा।' भूरे लाल ने अपने बचाव में अम्मा को बहकाने की कोशिश की थी। भूरे लाल ने अम्मा को आगे बताया था–

'मैंने जो कुछ भी किया आपके राज़ के हित में किया था अम्मा जी। आपके सच्चे सेवक की तरह मैंने अपना पहला धर्म यही समझा था कि आपका राज़ हर हालत में सुरक्षित रहना चाहिए। इसके लिए मैंने यह कभी नहीं सोचा कि क्या ग़लत था और क्या सही।'

'भूरे लाल, तुमने मेरा राज़ सुरक्षित नहीं रखा था अपनी स्वार्थ–साधना की थी। मेरी आँखों पर पट्टी बाँधकर पता नहीं कितने ईमानदार और सही अफ़सरों को मुझसे दूर कर दिया था। फिर कभी मुझे अपना मुँह मत दिखाना।' यह कहकर अम्मा ने टेलीफ़ोन पटक दिया था।

भूरे लाल कोई पहला अफ़सर नहीं था जो इस प्रकार गिड़गिड़ाया था। जिस प्रकार कुत्ता धीरे–धीरे दुस्साहस करके मालिक पर हावी हो जाता है, अफ़सर भी उसी प्रकार अपने आका से धीरे–धीरे नज़दीकियाँ बढ़ाते हैं और फिर उनकी बुद्धि और विवेक पर क़ब्ज़ा कर लेते हैं। अफ़सर और सौतन एक सरीखे होते हैं। उन्हें अपने आका के साथ किसी और की नज़दीकियाँ गवारा नहीं होतीं। आका पर अपना क़ब्ज़ा बनाये रखने के लिए अफ़सर नीच से नीच ऐसी हरकत भी कर सकते हैं जिनकी कल्पना भी नहीं की जा सकती।

भूरे लाल ने भी वही सब कुछ किया था। अम्मा से नज़दीकियाँ बढ़ाकर भूरे लाल ने अपने से बहुत ऊँचे अफ़सरों की शान में गुस्ताख़ियाँ की थीं। झूठ और चुग़ली भूरे लाल जैसे अफ़सरों का हथियार होती हैं। यह निश्चित है कि चुग़ली हमेशा बेमौत मरती है, झूठ की उम्र कुछ लम्बी ज़रूर हो सकती है। झूठ की पोटली भी दुल्हन की चुनरी की तरह एक दिन खुल ही जाती है। भूरे लाल का झूठ और चुगली दोनों उजागर हो गयी थीं।

एक दिन अचानक ख़बर आयी कि उपासना दीदी पूरी हो गयी हैं। डेरे में शौक़ की लहर दौड़ गयी थी। दीदी को मिट्‌टी देने से पहले मठ के प्रमुख का गद्‌दी सँभालना ज़रूरी था। मधुमिता जी गुरकादी बी को लेकर मठ में गयी थीं। प्रबन्धन कमेटी ने मधुमिता जी से मठ की ज़िम्मेदारी सँभालने की गुहार लगायी थी। मधुमिता जी ने स्पष्ट मना कर दिया था। संगत और प्रबन्धन समिति ने मठ के अगले मुखी के बारे में फ़ैसला लेने का अधिकार मधुमिता जी पर छोड़ दिया था। लाखों की संख्या में संगत मठ में जमा थी। मधुमिता जी ने संगत को सम्बोधित करते हुए कहा था–

'प्रत्येक इन्सान दुनिया में अपना–अपना किरदार निभाने आता है। किरदार भी वही जो उसे परमात्मा ने पहले से ही दे रखा होता है। हर इन्सान की मजबूरी है कि वह उसे दिये गये किरदार को निभाये। हालात और परिस्थितियाँ किरदार की ज़रूरत के मुताबिक़ बदलती चली जाती हैं। कोई भी इन्सान अच्छा या बुरा नहीं होता। सबमें परमात्मा ही बसता है। परमात्मा के अंश के रूप में प्रत्येक इन्सान वन्दनीय है। इन्सान के कर्म भी परमात्मा ने ही उसके हिस्से में लिखे होते हैं। इसलिए कभी भी किसी से भी द्वेष–भाव मत रखो। सभी को अपना–अपना किरदार सहज भाव से निभाना चाहिए। एक दिन सभी दुनिया छोड़कर उसी परमात्मा के पास चले जायेंगे।'

सारी संगत स्तब्ध थी। उन्होंने पहली बार मधुमिता जी को प्रवचन करते हुए सुना था। मधुमिता जी संगत को सम्बोधित करती जा रही थीं।

'शाह जी, पाह जी और बीर जी ने हमेशा यही कहा कि इन्सान को अपना किरदार ईमानदारी से निभाना चाहिए। जो अपना किरदार शिद्दत के साथ निभाता है वही परमात्मा का प्यारा होता है। जो अपनी फ़ितरत से उस किरदार के साथ छेड़छाड़ करने की कोशिश करता है वह परमात्मा की नज़रों से गिर जाता है। इसलिए अपनी फ़ितरत को कभी भी अपने अख़लाक पर हावी नहीं होने देना।'

संगत में सन्नाटा छाया हुआ था। हर कोई टकटकी लगाये इसी इन्तज़ार में था कि मधुमिता जी किसे अगला मठ–प्रमुख घोषित करने जा रही हैं।

'उपासना दीदी ने चौदह वर्ष तक संगत की सेवा की है। वह सारी ज़िन्दगी मठ की बेहतरी के लिए काम करती रही। परमात्मा ने उन्हें अपनी सेवा में बुला लिया है। परम्परा है कि मठ की गद्दी ख़ाली नहीं रह सकती। उपासना दीदी को समाधि देने से पहले अगले मठ–प्रमुख का गद्दी पर बैठना ज़रूरी है। यही विधान है। मुझे यह ज़िम्मेदारी दी गयी है कि अगले मठ–प्रमुख का नाम घोषित करूँ। मेरी नज़र में पूरी संगत जो मुश्किलों के बावजूद मठ से जुड़ी रही इस गद्दी की असली हक़दार है। किसी एक के नाम पर मोहर लगाना बहुत कठिन है। फिर भी फ़ैसला तो किसी एक नाम का ही करना है।'

संगत ने सबद का उच्चारण करना शुरू कर दिया था।

'वाहे मनुख जी वाहे मनुख जी।
तू ही तू है, तू ही तू।...'

जयकारे के बाद संगत में फिर सन्नाटा छा गया था। मधुमिता जी ने सम्बोधन जारी रखा था।

'साध–संगत जी, वक़्त ने सब कुछ देखा है। एक आत्मा जिसने अपना सब कुछ त्याग दिया पर मठ के परचम को कभी भी झुकने नहीं दिया मेरे सामने है। उनसे योग्य कोई और व्यक्ति इस मठ की गद्दी पर बैठने के क़ाबिल नहीं हो सकता। मैं गुरकादी बी को उपासना दीदी के पार्थिव शरीर को मिट्टी देने के लिए नामित करती हूँ।'

यदि संगत अनुमति दे तो गुरकादी बी अगली मठ–प्रमुख हों और उन्हें 'भारती दीदी' के नाम से जाना जाये।

गुरकादी बी का नाम सुनते ही संगत ने सबद का जाप करना शुरू कर दिया था।

'वाहे मनुख जी, वाहे मनुख जी,
तू ही तू है, तू ही तू।
शाह भी तू, पाह भी तू,
तू ही बीर जी, संगत भी तू,
धन धन मनुख, धन धन संगत,
धन धन मनुख, तेरा ही सहारा।'

भारती दीदी ने उपासना दीदी के पार्थिव शरीर को मिट्टी के सुपुर्द कर दिया था। प्रबन्धन समिति भारती दीदी को मठ की गद्दी तक लेकर गयी थी। भारती दीदी ने गद्दी के सामने साष्टांग प्रणाम किया था। भारती दीदी मठ की प्रमुख बन गयी थीं। मधुमिता जी वापस देवी नगर लौट आयी थीं। दलदल का नया किरदार शुरू हो गया था।

❐❐